Thomas Mann | Der Tod in Venedig

Lektüreschlüssel XL

für Schülerinnen und Schüler

Thomas Mann

Der Tod in Venedig

Von Mathias Kieß

Reclam

Dieser Lektüreschlüssel bezieht sich auf folgende Textausgabe:
Thomas Mann: *Der Tod in Venedig*. 25. Aufl. Frankfurt a. M.: Fischer Taschenbuch Verlag, 2015.

Lektüreschlüssel XL | Nr. 15501
2019 Philipp Reclam jun. Verlag GmbH,
Siemensstraße 32, 71254 Ditzingen
info@reclam.de
Druck und Bindung: Esser printSolutions GmbH,
Untere Sonnenstraße 5, 84030 Ergolding
Printed in Germany 2025
RECLAM ist eine eingetragene Marke
der Philipp Reclam jun. GmbH & Co. KG, Stuttgart
ISBN 978-3-15-015501-1
reclam.de

Inhalt

1. Schnelleinstieg

Autor	Thomas Mann, geb. 6. Juni 1875 in Lübeck, gest. 12. August 1955 in Zürich, einer der wichtigsten deutschsprachigen Autoren des 20. Jahrhunderts
Entstehungszeit und Veröffentlichung	• Entstehung nach einem Venedigaufenthalt 1911 • Erstveröffentlichung in der *Frankfurter Rundschau* 1912 • 1913 Veröffentlichung im S. Fischer Verlag
Gattung	Novelle
Handlung	Gustav von Aschenbach, ein renommierter Autor, reist nach Venedig, verliebt sich in einen Teenager und stirbt an der Cholera.
Handlungszeit	Mai bis Juni in einem nicht genannten Jahr des frühen 20. Jahrhunderts
Handlungsorte	München, einige Stationen auf der Reise, Venedig

Was Thomas Mann seiner Hauptfigur Gustav von Aschenbach bescheinigt, hat er mit dem *Tod in Venedig* längst selbst erreicht: Den Eingang in den Kanon der Schullektüre. Abiturthemen zu der Novelle sind keine Seltenheit und noch heute, über hundert Jahre nach der Veröffentlichung, beschäftigen sich zahlreiche Gymnasiasten mit der verbotenen Liebe des Protagonisten und sollen ihre eigene Schreibweise an der von Thomas Mann bilden. »Das scheint nahezuliegen, ist diese Erzählung doch in einem klassizistischen Stil von marmorner Perfektion geschrieben«.[1] Darüber hinaus ist es vor allem die fein eingewobene Symbolik und der damit verbundene Themenreichtum, die Literaturwissenschaftler dazu veranlassen, von »Thomas Manns dichtester Prosaarbeit«[2] zu sprechen, und die den Leser des *Tod in Venedig* auch zur mehrmaligen Lektüre einlädt.

Der Titel

Bereits der bestimmte Artikel, also das erste Wort im Titel der Novelle *Der Tod in Venedig*, zeigt diese Dichte an. Es handelt sich hier um mehr als einen beliebigen Todesfall in der beliebten Touristenstadt. Die oberflächliche Handlung ist schnell zusammengefasst: Ein erfolgreicher und gut situierter Autor, Gustav von Aschenbach, entschließt sich zu einer Reise gen Süden und landet schließlich in der Lagunenstadt, wo er sich, selbst jenseits der Fünfzig, in einen Vierzehn- oder Fünfzehnjährigen verliebt. Aufgrund der Nähe zu dem Jungen bleibt er in der Stadt, obwohl er um den Ausbruch der todbringenden Cholera weiß. Das Ende und der Tod des Protagonisten überraschen aufgrund des Titels kaum.

Leitmotive: Der Tod …

Das »Der« im Titel verweist auf die Personifizierung des Todes, die besonders im Umgang mit Seuchen und Epidemien gang und gebe ist. Man denke nur an Bezeichnungen wie »Der Sensenmann« oder

1 Hermann Kurzke, *Thomas Mann. Ein Porträt für seine Leser*, München 2009, S. 67.

2 Manfred Dierks, *Studien zu Mythos und Psychologie bei Thomas Mann*, Bern 1972, S. 13.

»Der schwarze Tod«. Auch in Thomas Manns Novelle ist der Tod scheinbar ständig anwesend. Zahlreiche Nebenfiguren und Gegenstände sind symbolisch aufgeladen und verweisen auf das tragische Ende der Geschichte.

Ein anderer Themenkomplex, der sich durch die gesamte Novelle zieht, ist ein ständiger Rückbezug auf die Antike: Die sprachliche Ausgestaltung und der Aufbau der Novelle hat ebenso antike Vorbilder wie die meisten der Nebenfiguren. Der platonische Dialog *Phaidros* wird mehrmals in längeren Abschnitten wörtlich zitiert und es finden sich zahlreiche Anspielungen auf die griechische und römische Mythologie, die sich auch in der Metaphorik Thomas Manns niederschlagen. Die beiden Leitmotive – Antike und Tod – treffen in verschiedenen Nebenfiguren aufeinander.

■ … und die Antike

Die 1911 geschriebene und 1912 veröffentlichte Novelle wird von Literaturwissenschaftlern als Versuch angesehen, die deutsche Klassik im 20. Jahrhundert wiederzubeleben. Dieser Ansatz, der sogenannte Neoklassizismus, ist zeitgleich auch in der bildenden Kunst und in der Architektur zu erkennen. Für diese Zuordnung der Novelle spricht nicht nur die eben erwähnte Rückbesinnung auf die Antike, sondern auch der gehobene Stil Thomas Manns und das bewusste Zurücknehmen von modernen Elementen.

■ Literarische Strömung: Neoklassizismus …

Andere Literaturwissenschaftler sehen im *Tod in Venedig* den Höhe- und Endpunkt der Literaturepoche des sogenannten Fin de Siècle. Sowohl die

■ … oder Fin de Siècle?

Hauptfigur und ihr deutlich jüngeres Lustobjekt als auch der Hauptschauplatz Venedig weisen einige Dekadenz-Motive auf: Der (kulturelle) Verfall der Stadt zeigt sich nicht nur an ihren Gebäuden und Plätzen, sondern auch an ihren Bewohnern. Aschenbachs Niedergang ist zunächst psychischer und dann auch physischer Natur.

2. Inhaltsangabe

Erstes Kapitel

Das erste Kapitel (S. 9–18) spielt in München, genauer am Nordfriedhof und der nahen Ungererstraße, wohin die Hauptfigur Gustav Aschenbach von seiner Wohnung in der Prinz-Regentenstraße aus einen Spaziergang unternimmt. Während der Ort der Handlung genau beschrieben wird und real nachvollziehbar ist, bleibt die Zeit ungenau: Es ist Anfang Mai im ersten Jahrzehnt des 20. Jahrhunderts. Die Handlung setzt also in der Gegenwart beziehungsweise der unmittelbaren Vergangenheit des Autors Thomas Mann ein (Entstehungszeit der Novelle: 1911).

Aschenbach ist ein erfolgreicher Autor, der aufgrund seiner schriftstellerischen Leistung seit seinem fünfzigsten Geburtstag das Adelsprädikat »von« führen darf (S. 9). Seine Arbeit am Vormittag versetzt den Schriftsteller in eine rastlose Stimmung, so dass er seinen sonst üblichen Mittagsschlaf nicht halten kann und stattdessen Regeneration an der frischen Luft sucht. Er beobachtet eine Weile das frühsommerliche Treiben im Englischen Garten und vor einem Wirtshaus, bevor er die Straßenbahn zurück in die Innenstadt nehmen will (S. 10). Während er an der menschenleeren Station wartet, zieht ihn die Aussegnungshalle des Nordfriedhofs in ihren Bann. Die Architektur der Halle wird beschrieben und Aschenbach liest die Inschriften auf den zum Verkauf stehenden

■ Spaziergang durch München

Abb. 1: Aussegnungshalle des Münchener Nordfriedhofs. – Wikimedia Commons CC BY-SA 3.0/Rufus46

Grabsteinen. So vergehen einige Minuten, bis der Protagonist einen fremden Mann bemerkt.

Der Fremde

Dieser taucht scheinbar plötzlich vor dem Tor der Halle auf. Sein Äußeres wird genau beschrieben: Er ist mittelgroß, rothaarig, »mager, bartlos und auffallend stumpfnäsig« (S. 11), hat blasse Haut und Sommersprossen. Er sieht nicht bayrisch aus, auch wenn er einen landestypischen Rucksack trägt. Seine Füße sind gekreuzt, während er auf seinem Spazierstock lehnt. Als der Fremde den musternden Blick Aschenbachs kriegerisch erwidert, ist dieser »peinlich berührt« (S. 13) und setzt seinen Spaziergang entlang des Friedhofs fort.

Auch wenn er den Fremden nach wenigen Minuten aus seinem Bewusstsein verdrängt hat, so beeinflusst ihn »das Wandererhafte in der Erscheinung« (S. 13) doch unterbewusst. Ein Gefühl von Leidenschaft macht sich breit, und seine Sinne täuschen ihn. Einbildungskraft und Beobachtung des Protagonisten vermischen sich: So nimmt Aschenbach seine Umgebung nun als Wildnis von Farnen, Palmen und Bambus wahr. Er beobachtet fremdartige Vögel, schwimmende Blumen und sogar ein kauernder Tiger wird erwähnt (S. 14). Dies alles fasst Aschenbach als »Reiselust« (S. 13) zusammen, die anschließend in »Fluchtdrang« (S. 16) und »Sehnsucht ins Ferne und Neue« (S. 16) gesteigert wird.

Reiselust

Auch wenn Aschenbach als Angehöriger des privilegierten Bürgertums stets nach Belieben verreisen kann, hat er das Reisen bisher als »hygienische Maßregel« (S. 14) betrachtet. Das bedeutet, es ist stets Mittel zum Zweck. Nach Phasen des intensiven Arbeitens ist Erholung vonnöten, damit die Produktivität des Autors aufrechterhalten werden kann. Eigentlich ist er »der Zerstreuung […] abgeneigt« und kein »Liebhaber der bunten Außenwelt« (S. 15). Alles, selbst seine Freizeitgestaltung, ist seiner schriftstellerischen Tätigkeit untergeordnet. Noch nie hat er Europa verlassen, und die meiste Zeit verbringt er in seiner Wahlheimat München oder auf dem nahegelegenen Landsitz. Mehr braucht es normalerweise nicht. Erst mit der Erscheinung des Fremden ändert sich dies. Zwar ist sich Aschenbach weiterhin seiner Liebe zur Arbeit

Reisen als »hygienische Maßregel«

bewusst, doch sie wird immer mehr zum täglichen Kampf, und der »wachsenden Müdigkeit« (S. 16) kann er immer weniger standhalten.

Auch wenn die Nation sein Werk lobe, so bemerkt der Autor, fehle es ihm längst an Feuer und Freude. Eine Reise scheint der einzige Ausweg: Weiter als zu seinem Landsitz mit den vertrauten Bergwänden und doch nicht bis zu den Tigern, sondern für drei oder vier Wochen an »irgendeine[n] Allerweltsferienplatze« (S. 18). Während er in die Straßenbahn einsteigt, schaut sich Aschenbach noch einmal nach dem geheimnisvollen Fremden um, findet ihn jedoch nicht. Er fasst den Entschluss, noch am Abend ein geeignetes Reiseziel zu suchen.

■ Entschluss zu reisen

Die äußere Handlung des ersten Kapitels ist denkbar schnell zusammengefasst: Aschenbach spaziert durch München, erblickt einen Fremden und tritt den Nachhauseweg mit der Tram an. Entscheidend ist jedoch die innere Entwicklung der Hauptfigur. Die scheinbar beiläufige Begegnung am Rande des Friedhofs löst einen Gedankenstrom aus, der mit dem Entschluss zu einer Reise nach Süden endet.

■ Äußere Handlung und innere Entwicklung

Zweites Kapitel

Wie schon im vorherigen ist auch im zweiten Kapitel (S. 18–30) die äußere Handlung sehr in den Hintergrund gedrängt. Diesmal jedoch deutlich radikaler: Es schließen sich weder Reisevorbereitungen noch die besagte Reise selbst an, sondern es werden eine Cha-

■ Charakterisierung der Hauptfigur

rakterisierung der Hauptfigur und seines künstlerischen Schaffens sowie eine biografische Skizze nachgereicht: Aschenbach ist Witwer, Vater und Wahlmünchner (S. 29), stammt aus dem schlesischen Raum und aus einer reichen Familie (S. 19). Darüber hinaus werden zahlreiche seiner Werke aufgezählt und kurz beschrieben (S. 18 f.).

Weitere Informationen zur Hauptfigur und somit auch zum zweiten Kapitel der Novelle finden sich in Kapitel 3, S. 29–34, und in Kapitel 6, S. 63–65.

Drittes Kapitel

Das dritte Kapitel (S. 31–77) beschreibt die Reise Aschenbachs, den Aufenthalt auf dem Lido (einem Venedig vorgelagerten Küstenabschnitt) und mehrere Begegnungen mit Tadzio, einem polnischen Knaben.

Zwei Wochen nach der Episode mit dem Fremden in München tritt Aschenbach seine Reise nach Süden an. Für seine gesamte Fahrt plant er vier Wochen, denn nach diesem Zeitraum soll das Landhaus für ihn hergestellt sein (S. 31). Mit dem Nachtzug geht es zunächst nach Triest, von wo aus er nach einem Tag mit dem Schiff in die Stadt Pola (heute: Pula) auf der istrischen Halbinsel aufbricht. Nach einem Aufenthalt auf einer Insel vor der Küste besteigt Aschenbach einen Dampfer nach Venedig.

■ Reiseroute

Die Überfahrt auf dem veralteten und düster wirkenden italienischen Dampfschiff gestaltet sich mühselig. Schon der Matrose, der das Ticket ausstellt,

■ Auf dem Dampfer

kommt Aschenbach merkwürdig vor. Er ist bucklig, ziegenbärtig und sieht aus wie ein altmodischer Zirkusdirektor (S. 32). An Bord beobachtet der Reisende die anderen Passagiere. Besonders eine Gruppe junger Handelsgehilfen aus Pola fällt ihm auf. Er stört sich an einem Alten, der sich unter sie gemischt hat. Der falsche Jüngling trägt Perücke und Gebiss, hat die Hände eines Greises und ist außerdem geschminkt (S. 34 f.). Erst als das Schiff endlich ablegt, bessert sich die Laune Aschenbachs. Geschützt unter einem Segeldach genießt er die Überfahrt trotz Regens an Deck und geht nur zu einer Mahlzeit ins Innere des Schiffs. Dort trifft er wieder auf die Handelsgehilfen, die nun gemeinsam mit dem Kapitän des Schiffes zechen (S. 37). Der Alte scheint den Alkohol schlecht zu vertragen und verliert einige trinkselige Worte an Aschenbach, den er als Fremden erkennt (S. 40 f.). Dieser verlässt bei Ankunft in Venedig verstört und auf schnellstem Wege das Schiff.

■ Ankunft in Venedig auf dem Seeweg

Aschenbach, der nicht zum ersten Mal die Lagunenstadt bereist, erlebt nun, da er mit dem Schiff ankommt, ein anderes Venedig. Seine Hoffnung, das Wetter möge sich bei der Einfahrt in die Stadt bessern, bleibt enttäuscht, denn Himmel und Meer sind »trüb und bleiern« (S. 37). Trotzdem stellt sich ein Hochgefühl ein, als die Wahrzeichen der Stadt von der Seeseite zu sehen sind. Erreicht man die Stadt mit dem Zug, so sei es, als ob man einen Palast durch die Hintertür betrete (S. 40).

Von der Schiffsanlegestelle in Venedig zu seinem

Hotel auf dem Lido plant Aschenbach den Vaporetto, den für Venedig typischen Wasserbus, zu benutzen. Ein Gondoliere soll ihn zur Haltestation bringen, steuert seine Gondel jedoch direkt auf den Lido zu (S. 42). Auch wenn Aschenbach die komfortable Fahrt genießt und nicht will, dass sie endet, besteht er doch auf seinem Recht, das Ziel der Fahrt selbst zu bestimmen. Wie schon die vorherigen Reisebegegnungen Aschenbachs wirkt auch der Gondelführer grotesk. Stets flüstert und zischt er kaum Hörbares vor sich hin, und seine Gondel erinnert den Reisenden an einen Sarg (S. 41). Aschenbach wägt ab, ob er einem Verbrecher in die Hände gefallen ist oder ob der Gondoliere mit der längeren Fahrt lediglich einen höheren Fahrpreis erzielen will. Schließlich ergibt sich die Hauptfigur ihrem Schicksal. Um die Überfahrt zu bezahlen, will Aschenbach nach der Ankunft Geld in einem naheliegenden Hotel wechseln. Bei seiner Rückkehr ist der Gondoliere verschwunden. Es stellt sich heraus, dass dieser keine Konzession besitzt und von den anderen Gondelführern verpfiffen worden ist (S. 46).

Der widerspenstige Gondoliere

Im Hotel angekommen, erholt sich Aschenbach von den Reisestrapazen und nimmt seinen Nachmittagstee ein. Beim Warten auf das Abendessen betrachtet er die internationale Gesellschaft des Hotels. Ins Auge fallen ihm vier Geschwister, die polnisch miteinander sprechen. Drei Schwestern im Alter von fünfzehn bis siebzehn – wie Aschenbach schätzt – und der Jüngste, etwa vierzehn Jahre alt. Während die Schwestern »keusch« (S. 50) und »nonnenhaft« (S. 51)

Erste Begegnung mit dem polnischen Knaben

aussehen, zieht das Äußere des Knaben den Reisenden in seinen Bann. Er wird als »vollkommen schön« (S. 50) und von »einer Haltung von lässigem Anstand« (S. 51) beschrieben. Die Augen der beiden treffen sich kurz, als der Knabe beim Gang zum Abendessen einen Blick zurück in die bis auf Aschenbach menschenleere Vorhalle wirft.

Beim Abendessen sitzt die polnische Familie weit entfernt von Aschenbach und er denkt darüber nach, was einen Menschen schön macht. Als er am nächsten Morgen das Fenster seines Hotelzimmers öffnet, weht Landwind von Venedig her und ein fauliger Geruch macht sich breit. Sofort denkt Aschenbach daran, abzureisen, da er vor einigen Jahren schon einmal aufgrund gesundheitlicher Probleme aus Venedig fliehen musste. Er sieht davon ab, sein Gepäck völlig auszupacken. Erst als der bewundernswerte Knabe verspätet zum Frühstück eintrifft, bessert sich die Laune des Reisenden und er verliert sich erneut in dessen Anblick. Ein Entschluss scheint gefasst: »[I]ch [bleibe] hier, solange du bleibst!« (S. 57). Ein Vorsatz, an den sich der Protagonist halten wird.

■ Abreisegedanken und zweite Begegnung

Den weiteren Morgen verbringt Aschenbach am Privatstrand des Hotels und genießt freudig das bunte Treiben. Er beobachtet andere Gäste und reflektiert über seinen Entschluss, in der Lagunenstadt zu bleiben. Als der Knabe am Strand auftaucht, bessert sich seine Laune weiter, und er kann zumindest andeutungsweise seinen Namen vernehmen. Die Altersgenossen, mit denen der Knabe Sandburgen baut, nen-

■ Dritte Begegnung am Strand

nen ihn »Adgio« oder »Adgiu« (S. 61). Aschenbach verlässt den Strand und will eigentlich seine nachgeschickte Post bearbeiten, kann seine Gedanken aber nicht von dem Jüngling losreißen. Er ist erleichtert, als dieser nach seiner Rückkehr an den Strand noch immer zugegen ist. Nun kann er auch den korrekten Namen des Knaben erhören: Er heißt Tadzio, eine Kurzform von Tadeusz, angerufen »Tadziu« (S. 63). Unter den Gleichaltrigen nimmt Tadzio anscheinend ebenfalls eine besondere Stellung ein, und als ihm einer seiner Freunde einen Kuss gibt, reagiert Aschenbach mit Eifersucht.

Nach dem Mittagessen hat die Hauptfigur zum ersten Mal die Chance, den jungen Tadzio aus der Nähe zu betrachten. Er wirkt zart, kränklich und seine Zähne sind »ohne den Schmelz der Gesundheit« (S. 66). Anschließend begibt Aschenbach sich in die Stadt, wo seine Stimmung sich radikal umkehrt. Wie ein Getriebener irrt er durch die Gassen. Schwüle und unliebsame Gerüche machen ihm zu schaffen, er schwitzt, und Bettler behelligen ihn. Aschenbach gesteht sich ein, dass Venedig im Sommer gesundheitsschädigend für ihn ist.

■ Vierte Begegnung und Aufenthalt in Venedig

In Venedig zu bleiben scheint vernunftwidrig. Nach Hause zu fahren ebenso, da weder Sommer- noch Winterquartier vorbereitet ist. Aschenbach trifft nun doch die Entscheidung, in ein kleines Seebad unweit von Triest zu fahren. Gleich am nächsten Morgen will er starten (S. 69). Nach einer unruhigen Nacht öffnet Aschenbach erneut das Fenster. Der

■ Abreise geplant

Wind hat gedreht und die Luft ist frisch. Erste Zweifel am überstürzten Abreiseplan machen sich breit.

Das Frühstück versucht Aschenbach in die Länge zu ziehen. Obwohl ihn ein Hotelangestellter drängt, sich mit dem Frühstück zu beeilen, damit er seinen Zug noch erwische, lässt er sich im Anschluss noch die Zeitung bringen (S. 70). Als er sich endlich anschickt zu gehen, kommt Tadzio in den Frühstücksraum und Aschenbach verabschiedet sich flüsternd von ihm. Nachdem er den Bediensteten Trinkgelder gegeben hat, bricht er verspätet zum Bahnhof auf. Sein Gepäck ist bereits vorausgeschickt worden.

■ Fünfte Begegnung mit Tadzio

Wehmütig fährt Aschenbach durch die Stadt zum Bahnhof. Er fühlt sich wie ein Zerrissener und Versager, da er das geliebte Venedig zum zweiten Mal überstürzt verlässt, dieses Mal vielleicht für immer. Nachdem er sein Zugticket gekauft hat, muss er feststellen, dass sein Gepäck die Stadt bereits in einem Zug in die falsche Richtung verlassen hat. Eine »abenteuerliche Freude« und »unglaubliche Heiterkeit« (S. 74) ergreift Aschenbach. Nun kann er in der Stadt und in Tadzios Nähe bleiben, ohne sein Gesicht zu verlieren, denn er gibt an, nicht ohne Gepäck reisen zu wollen. Auf der Rückfahrt in das gewohnte Hotel kommt der Wind von der Meerseite her und die Luft ist somit frisch. Als er nachmittags vor dem Hotel sitzt und beobachtet, wie Tadzio vom Strand zurückkehrt, erkennt er, dass der Abschied seinetwegen so schwer fiel (S. 77).

■ Abreise abgebrochen

Viertes Kapitel

Ähnlich wie bereits im zweiten ändert sich auch im vierten Kapitel (S. 77–97) die Erzählweise. Häufiger werden nun nicht mehr Einzelereignisse ausführlich geschildert, sondern sie werden zusammengefasst und verallgemeinernd erzählt. Thomas Mann behält die Chronologie der Ereignisse bei, sie wird jedoch immer wieder durch Exkurse theoretischer Art unterbrochen. Über einen Zeitraum von mehreren Tagen oder gar Wochen entwickelt sich ein Urlaubsalltag für Aschenbach, der durch eine immer stärkere Leidenschaft für Tadzio geprägt ist.

Urlaubsalltag auf Lido

Zwei Tage muss der Reisende ohne Gepäck aushalten und im Reiseanzug zum Abendessen gehen. Als sein Gepäck eintrifft, packt er »gründlich« aus (S. 78), denn er hat nun vor, länger zu bleiben. Die Tage gleichen einander. Aschenbach verbringt sie am Strand und ist somit fast immer in der Nähe Tadzios. Er beobachtet ihn beim Abendessen, und wenn der Knabe um 9 Uhr vom Schauplatz verschwindet, ist auch Aschenbachs Tag zu Ende (S. 91). »Der wohlige Gleichakt dieses Daseins« (S. 78) findet seinen Gefallen. Aschenbach graut es beim Gedanken, Tadzio könne plötzlich abreisen. Deshalb fragt er diskret beim Hotel, seit wann die Familie einquartiert ist. Zu seiner Erleichterung ist sie unmittelbar vor ihm angekommen (S. 90).

Das Wetter hat sich gebessert, vor allem da der Wind nun von Osten, also der Meerseite, her kommt.

Aschenbach kann endlich die gewünschten Sonnenstunden genießen. Die im vorherigen Kapitel viel gescholtene Stadt wird jetzt als »wunderlich-wundersam[]« (S. 79) bezeichnet. Eigentlich liebt Aschenbach den Genuss nicht (S. 79), doch nun schafft er es, sich zu entspannen und er lässt den »nüchternen Dienst seines Alltags« (S. 79) hinter sich. Ebenso wie die Laune des Protagonisten hebt sich auch der Schreibstil Thomas Manns. Einige Passagen sind nach antikem Vorbild innerhalb des Prosatexts in Hexametern rhythmisiert. Vergleiche mit antiken Liebesgeschichten und die mythologisch geprägte Naturmetaphorik, beispielsweise bei der Beschreibung der Wellen des Meeres, tragen zur antikisierenden Formung des Kapitels bei (siehe Kapitel 4, S. 55–57).

■ Gehobener Stil

Der Anblick des »jugendlich vollkommenen« (S. 83) Leibes veranlasst Aschenbach dazu, auch über Schönheit im Allgemeinen nachzudenken. Die ästhetische Diskussion orientiert sich wie schon der Stil des Kapitels an antiken Vorbildern. Diese werden mit den Gedanken der Hauptfigur und Einschüben des Erzählers vermischt, so dass der Leser im Unklaren gelassen wird, wer gerade zu Wort kommt. Der antike Philosoph Sokrates wird erwähnt. Er diskutiert mit Phaidros über Schönheit (siehe dazu auch Kapitel 6, S. 82–86). Sokrates sagt, Schönheit sei »liebenswürdig und sichtbar zugleich« und dass der »Liebende göttlicher sei als der Geliebte« (S. 86). Andere Werte wie Vernunft, Tugend oder Wahrheit sind ebenfalls liebenswürdig, aber mit den Sinnen nicht zu erfassen.

■ Schönheit

Aschenbach stellt mit Schmerzen fest, dass er die Schönheit Tadzios zwar loben, doch nicht wiedergeben kann. Denn er ist »schöner, als es sich sagen läßt« (S. 96).

Auch die Kunst vernachlässigt der Schriftsteller nicht ganz. Beim Anblick des Jungen verfasst er eine eineinhalbseitige Abhandlung, deren erlesene Prosa später viele Bewunderer findet. Glücklicherweise kenne die Welt nur das schöne Werk und nicht seine Entstehungsbedingungen (S. 87 f.). Tadzio sorgt für eine kurzweilige Phase der Produktivität Aschenbachs. Beim Schreiben nimmt er den Wuchs des Jungen zum »Muster« (S. 87). Tadzio fungiert als eine Art Muse. Dessen ist sich der Autor auch selbst bewusst. Er traut sich nicht ihn auszusprechen. Obwohl er gerne die »heitere Bekanntschaft« (S. 88) des Jungen machen würde, verzichtet er darauf. Ein wenig aus Angst, denn es wird berichtet, dass sein Herz »wie ein Hammer schlägt« (S. 89). Aber auch, da er den Rausch, der »ihm zu teuer war« (S. 89), aus der Ferne genießen will.

Tadzio als Muse

Waren die fünf Begegnungen mit dem Jüngling stets einseitig – das heißt, der Beobachtete, Tadzio, weiß nicht um seinen Beobachter –, kommt es am Ende des vierten Kapitels (S. 96) zu einem direkten Kontakt zwischen den beiden. Schon zuvor bemerkt der Schriftsteller, wie der Knabe sein Verhalten ändert. So scheint er beispielsweise bewusst Wege zu gehen, die es Aschenbach ermöglichen, ihn zu beobachten. Ab und zu treffen sich die Blicke der beiden, und nur

Direkter Kontakt mit Tadzio

Tadzios gute Erziehung hindert ihn daran, sich noch einmal nach Aschenbach umzudrehen. Besorgt stellt Aschenbach eines Abends fest, dass die polnische Familie nicht beim Essen im Hotel ist (S. 95). Sofort verlässt er den Saal, um draußen unvorbereitet auf die Familie zu treffen. Zumindest nonverbal kommunizieren die beiden miteinander: Tadzio lächelt ihn eindeutig an. Es handelt sich dabei jedoch um das Lächeln des »Narziß« (S. 96) und gilt nicht wirklich Aschenbach, sondern ist, wie bei der griechischen Sagenfigur, die ihr Spiegelbild im Wasser betrachtet, gegen sich selbst gerichtet. Tadzio genießt die Aufmerksamkeit seines Bewunderers. Dieser ist von der Situation übermannt und flieht in einen nahen Park, wo er sich eingesteht: »Ich liebe dich!« (S. 97). Mit diesem Ausruf endet das Kapitel.

Fünftes Kapitel

Im letzten Kapitel (S. 97–139) nimmt die Sehnsucht des Protagonisten nach dem jungen Tadzio teilweise bizarre Züge an. Zugleich verdichten sich die Hinweise der vorherigen Kapitel auf eine Seuche: In Venedig bricht die Cholera aus. Auch die Hauptfigur wird infiziert und stirbt.

Im Gegensatz zum vorherigen Kapitel findet sich hier gleich zu Beginn eine konkrete Zeitangabe. Aschenbach befindet sich in der vierten Woche seines Aufenthalts am Lido, es ist demnach Ende Juni, und der im vierten Kapitel beschriebene Urlaubsalltag umfasst einen Monat. Immer mehr Gäste verlassen nach einer Beobachtung Aschenbachs das Hotel, obwohl der Sommer gerade erst richtig angefangen hat. Es bleiben vor allem deutschsprachige Gäste aus, weswegen er mehr Fremdsprachen vernimmt als zuvor. Eine Entwicklung, die Aschenbach zunächst begrüßt, da er sich nun mehr wie ein Reisender fühlt. Doch auch in der Stadt werden einige Veränderungen sichtbar.

Einige Gäste verlassen das Hotel

Es riecht nach Arzneimittel (S. 98), und polizeiliche Warnungen, man solle vom Verzehr von Muscheln absehen, werden angeschlagen. Aschenbachs Friseur, der sich zunächst verplappert, überhört weitere Nachfragen. Der später angesprochene Hotelmanager spielt das Problem als reine Routine- und Vorsichtsmaßnahme herunter. Aschenbach und mit ihm der Leser ahnen die Wahrheit: Deutsche Tageszeitungen sprechen von Gerüchten um Todesfälle in der Stadt. So erklärt sich das Ausbleiben seiner Landsleute, denn die Leser ausländischer Zeitungen sind über eventuelle Hygieneprobleme in der Stadt nicht informiert.

Einheimische vertuschen »das Übel«

Doch eigentlich hat der Protagonist anderes im Kopf. Es genügt ihm nicht mehr, Tadzio nur vormittags am Strand zu beobachten, sondern er verfolgt ihn nun auch bei Ausflügen in die Stadt. Zunächst beim Tee auf dem Markusplatz (S. 98), sonntags sogar in den katholischen Gottesdienst (S. 101). (Aufgrund der Herkunft und des Verhaltens Aschenbachs kann davon ausgegangen werden, dass er Protestant ist.) Spä-

Aschenbach verfolgt die polnische Familie

ter verspricht er seinem Gondelführer ein großzügiges Trinkgeld, wenn er der Gondel der polnischen Familie folgt (S. 102) und verweilt vor dem Zimmer des Angebeteten, die Stirn an die Tür gelehnt (S. 104). Seine Verfolgungen gehen nun so weit, dass Aschenbach weiß, welche Kleidung Tadzio zu welchem Anlass trägt (S. 110). Außerdem beginnt Tadzios Kindermädchen, ihn zurückzurufen, wenn der fremde Beobachter in der Nähe ist (S. 111).

Als auch immer mehr internationale Gäste die Stadt verlassen, stellt Aschenbach weitere Nachforschungen an, denn er ist in Sorge, dass auch Tadzio und seine Familie abreisen könnten (S. 100). Zunächst befragt er einen Straßenmusiker, der das Hotelpublikum mit einer grotesk-humorigen Vorstellung unterhält. Als er die Antwort vernimmt, die fast bis auf den Wortlaut identisch mit der des Hotelmanagers ist, bricht er das Gespräch ab und beobachtet, wie Hotelmitarbeiter den Sänger hinauswerfen. Da der Tourismus die Haupteinnahmequelle der Stadt ist und sein Rückgang den Einheimischen die Existenzgrundlage entzöge, ist ihnen daran gelegen, zu verschweigen, dass in der Stadt etwas nicht stimmt. Gewissheit erhält Aschenbach erst in einem englischen Reisebüro, wo er zunächst erneut dieselbe heruntergeleierte Antwort und dann die ganze Wahrheit zu hören bekommt: Die indische Cholera hat sich über den asiatischen Kontinent bis in den Mittelmeerraum ausgebreitet (S. 119). Zahlreiche andere Städte sind bereits betroffen, und ein österreichischer Urlauber ist nach

Die Cholera in Venedig

der Rückkehr in seine Heimat verstorben. Laut dem Angestellten des Reisebüros infiziert man sich vor allem über roh verzehrte Nahrungsmittel, und einmal infiziert, hat man nur eine zwanzigprozentige Überlebenschance. Der Ausbruch der Seuche soll geheim gehalten werden, um dem Image der Stadt nicht zu schaden. Staatsdiener, die sich nicht an die Geheimhaltung halten, werden entlassen, und Aschenbach wird empfohlen, die Stadt schnellstmöglich zu verlassen, bevor eine Quarantäne verhängt wird.

Den Geliebten retten?

Aschenbach spielt mit dem Gedanken, die polnische Familie, die offenbar nichts vom Ausbruch der Seuche weiß, zu warnen. In Gedanken formt er die Worte bereits vor. Doch ihm fehlt der Mut, sich Tadzios Mutter zu nähern (S. 123). Mitwissend ist auch mitschuldig, denkt Aschenbach bei sich. Seine Angst, Tadzio könne etwas zustoßen, drückt sich in einem furchtbaren Traum aus, den Thomas Mann mit besonders vielen audiovisuellen Eindrücken wie lockendem Flötenton, Paukenschlägen, Geheul und gezogenen u-Rufen ausschmückt (S. 124–127).

Verjüngungskur

Nachdem Aschenbach die moralische Läuterung mit dem Ausbleiben der Warnung verwehrt bleibt, wird der Verliebte immer hemmungsloser. War er zuvor stets bedacht, den anderen Touristen nicht aufzufallen, wenn er den jungen Geliebten verfolgte, so ignoriert er dies nun, schließlich reisen die meisten sowieso ab. Sein vom Alter gezeichneter Körper beginnt ihn anzuekeln, weswegen er versucht, sich zu verjüngen: Er trägt jugendliche Kleidung und Parfüm, lässt sich die Haare färben und sich schminken. Aschenbach kleidet sich nun so wie der Greis, dessen Aussehen ihn auf der Reise nach Venedig noch störte. Treffend stellt der Frisör fest: »Nun kann der Herr sich unbedenklich verlieben« (S. 131).

Todbringende Erdbeeren

Auf einer seiner zahlreichen Touren durch die Stadt verliert Aschenbach Tadzio und seine Familie. Frustriert kauft er sich Erdbeeren und verspeist sie noch im Gehen. Wahrscheinlich steckt sich der Protagonist hier mit der Cholera an. Erschöpft lässt er sich auf den Stufen eines Brunnens nieder und denkt halb träumend nach. Thomas Mann zitiert hier nochmals eine längere Passage aus dem Gespräch zwischen Sokrates und Phaidros über Schönheit (S. 134 f.). In den nächsten Tagen leidet Gustav von Aschenbach – nun wird er beim ganzen Namen genannt – unter Schwindelanfällen. Es geht ihm zusehends schlechter. Die Abreise der polnischen Familie steht bevor (S. 136), und er beobachtet Tadzio ein letztes Mal am Strand. Dieser rauft sich mit einem deutlich stärkeren Altersgenossen und ist schnell der Unterlegene. Als Aschenbach gerade eingreifen will, lässt der Sieger von Tadzio ab und will sich entschuldigen. Der schwächliche Knabe ist jedoch zu stolz, um die Entschuldigung anzunehmen (S. 138). Er posiert vor dem offenen Meer, bevor er, von den Blicken Aschenbachs verfolgt, zurück ins Hotel geht. Einige Minuten später finden Hotelangestellte den zusammengebrochenen Aschenbach und bringen ihn auf sein Zimmer, wo er kurz darauf stirbt (S. 139).

3. Figuren

Es ist kaum möglich, neben dem Protagonisten Aschenbach weitere Figuren im eigentlichen Sinne in *Der Tod in Venedig* zu identifizieren. Als literarische Figur bezeichnet man gemeinhin eine fiktive Gestalt in einem literarischen Text, die sich durch ihre besondere Charakterisierung auszeichnet. Zu einer ausführlichen Charakterisierung taugen die meisten Figuren in der Novelle jedoch nicht, da sie stets kurz und meist nur einmalig auftreten. Deshalb bietet der Lektüreschlüssel auch keine typische Figurenkonstellation. Es gibt lediglich eine Haupt- und eine Nebenfigur. Die äußerst komplexe Hauptfigur soll im Kapitel 6 (»Interpretationsansätze«) von drei verschiedenen Seiten beleuchtet werden. Hier erfolgt eine Beschreibung, bevor mit dem jungen Tadzio, der einzigen wirklichen Nebenfigur, das Objekt der Begierde eingehend behandelt wird. Sämtliche weitere Figuren werden gesammelt und unter dem die Novelle besonders prägenden Aspekt der Todessymbolik beleuchtet.

Gustav von Aschenbach

Eine direkte Charakterisierung seiner Hauptfigur liefert Thomas Mann im zweiten Kapitel des *Tod in Venedig* selbst. Verfolgt man die Handlungen des Protagonisten und erstellt eine indirekte Charakterisierung, so ergeben sich jedoch einige Widersprüche.

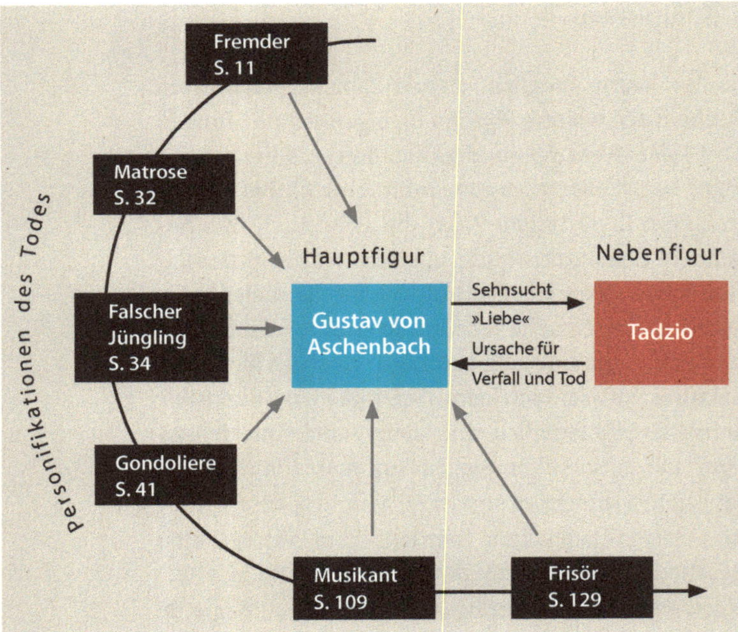

Abb. 2: Figurenkonstellation

Äußeres Erscheinungsbild

Die Hauptfigur ist etwas kleiner als der Durchschnitt, »brünett« und »rasiert« (S. 29). Die Haare sind am Scheitel licht und nach hinten gekämmt. Er trägt eine goldene Brille mit randlosen Gläsern, seine Nase ist »edel gebogen[]« (S. 30), seine Stirn vernarbt und sein Mund ist groß und oft schlaff. Kurz: Er sieht aus, als habe er ein schweres und bewegtes Leben hinter sich. Vorlage für das Aussehen des Protagonisten könnte der österreichische Komponist Gustav Mahler sein.

Name des Protagonisten

Hierfür spricht auch die Tatsache, dass Aschenbach und Mahler denselben Vornamen tragen. Mahler ist zudem im Jahre 1911, also zu genau der Zeit, in welcher Thomas Mann mit der Niederschrift der Novelle beschäftigt ist, gestorben. Der Nachname der Hauptfigur ist die erste von zahlreichen Anspielungen auf den bevorstehenden Tod. Nicht selten werden Feuer und Asche als Symbole für Sterben und Tod verwendet.

Biographische Skizze

Aschenbach wird in Schlesien in einer Kreisstadt geboren, die nur als »L.« (S. 19) bezeichnet wird. Der Vater war Justizbeamter und wie alle Vorfahren väterlicherseits im Staatsdienst tätig. Diese waren Offiziere, Richter oder Verwaltungsfunktionäre. Seine Mutter war die Tochter eines böhmischen Kapellmeisters, also eines Künstlers, und »von ihr [stammen] die Merkmale fremder Rasse in seinem Äußern« (S. 19). In Aschenbach treffen demnach nüchterne Gewissenhaftigkeit und feurige Impulse aufeinander (S. 19). Da er als Kind auf ärztliche Fürsorge angewiesen ist, besucht er keine Schule, sondern erhält Privatunterricht und wächst isoliert und ohne Altersgenossen auf (S. 21). Bereits im Alter eines Gymnasiasten macht er als Schriftsteller auf sich aufmerksam. Früh zieht er nach München, wo er seitdem in »bürgerlichem Ehrenstande« (S. 29) wohnt. Der Protagonist ist Witwer: Erwähnt wird eine glückliche, aber kurze Ehe, aus der eine Tochter hervorging, die mittlerweile selbst verheiratet ist. Einen Sohn hat Aschenbach nicht (S. 29). Nicht alle, aber doch einige der hier vorgetragenen Lebensdaten haben Parallelen im Leben von Thomas Mann (das in Kapitel 7 »Autor und Zeit« im Zusammenhang dargestellt wird).

Aschenbachs Werk

Zahlreiche Werke des Protagonisten werden genannt: Neben einem Epos über Friedrich von Preußen, einem Roman namens »Maja« und einer Erzählung mit dem Titel »Ein Elender« ist auch von einer Abhandlung über »Geist und Kunst« die Rede (S. 18 f.). Aschenbachs Dichtung ist dabei ebenso wie sein Charakter von der Verschiedenheit seiner Eltern geprägt. Die Mutter prägte den Inhalt seines Werkes, der Vater den Entstehungsprozess. Tatsächlich gibt es die Werke von Gustav Aschenbach zumindest in Teilen: Sie alle sind Arbeiten, die Thomas Mann begonnen, aber nie fertiggestellt hat. Weitere Parallelen zwischen Thomas Mann und Gustav Aschenbach werden in Kapitel 6 dieses Lektüreschlüssels (S. 63–65) behandelt.

Früh- und Spätwerk

Das Frühwerk ist »unbedingt« (S. 26), d. h. frei von Rücksichtnahmen aller Art, teilweise taktlos und durchzogen von zynischen Kommentaren über seine Zeit. Es ist Ausdruck einer leidenschaftlichen Jugend. Später wird die Schreibweise würdevoller und sittsamer, sein Stil subtiler. Der ältere Aschenbach ist ein klassizistischer Autor, dessen Werke in Schul-Lesebücher Eingang finden. Abgeschlossen wird die Entwicklung zum etablierten und angepassten Autor mit der Standeserhöhung, der Verleihung des Adelstitels, an seinem fünfzigsten Geburtstag.

Bereits in Jugendjahren zeigt der Schriftsteller ein gewissenhaftes Arbeitsethos. Er fühlt sich der Leistung verpflichtet, und trotz körperlicher Gebrechen bringt er sein Talent zur vollen Entfaltung. »Durchhalten« (S. 21) lautet die Parole Aschenbachs, als er mit der Fertigstellung des Friedrich-Romans kämpft, und ein »feiner Beobachter« (S. 20) vergleicht ihn mit einer geballten Faust im Gegensatz zu einer schlaffen Hand. Auch noch im Alter von fünfzig, wenn Gleichaltrige bereits kürzertreten, steht der arbeitsame Autor früh auf und duscht sich kalt ab, um den ganzen Morgen zu schreiben.

■ Aschenbachs Einstellung zur Arbeit: »Durchhalten«

Ein großartiges Kunstwerk entsteht nach Aschenbach als »Trotzdem« (S. 23). Trotz »Kummer und Qual, Armut, Verlassenheit, Körperschwäche, Laster, Leidenschaft und tausend Hemmnissen« (S. 23). Kurz zusammengefasst, sieht sich der Schreiber als »Moralisten der Leistung« (S. 25).

So weit die Charakterisierung des (früheren) Aschenbachs im zweiten Kapitel. Stellt man dem die übrigen vier Kapitel gegenüber, so ergibt sich ein gänzlich anderes Bild. »Der Moralist der Leistung« handelt in der Gegenwart der Erzählung völlig anders, als man es nach der ausführlichen Beschreibung im zweiten Kapitel erwarten würde. Er tritt spontan eine Urlaubsreise an, und auch schon in München gibt er sich dem Müßiggang hin und spaziert scheinbar ziellos durch die Straßen. In Venedig arbeitet er zwar an einem Essay (S. 87), ansonsten lebt er allerdings in den Tag hinein und hat große Probleme, Entschei-

■ Widerspruch: Indirekte und direkte Charakterisierung

dungen nach vernünftigen Kriterien zu treffen. Von einem »Moralisten« kann man schwerlich sprechen, denn Aschenbach stellt einem Minderjährigen nach. Dieser Widerspruch wird im Kapitel 6 dieses Lektüreschlüssels (S. 65–79) vertieft behandelt.

Tadzio

Alle Informationen, die der Leser über Tadzio erhält, werden durch die Wahrnehmung von Aschenbach gefiltert. Tadzio ist Projektionsfläche für Aschenbachs Sehnsüchte und heimliche Neigungen. Auch wenn sich Haupt- und Nebenfigur nie unterhalten, stellt sich im Verlauf der Handlung eine nonverbale Kommunikation zwischen den beiden ein.

Tadzios Aussehen

Der junge Pole wird vom Protagonisten als »vollkommen schön« (S. 50) beschrieben. Er verweilt mit seiner Familie – erwähnt werden drei 15- bis 17-jährige Mädchen und eine Erzieherin – im selben Hotel wie Aschenbach. Dieser schätzt den Knaben auf etwa 14 Jahre. Er hat »honigfarbene[s] Haar« (S. 50) und trägt bei der ersten Begegnung einen englischen Matrosenanzug (S. 51). Im Gegensatz zu seinen Schwestern, die als »nonnenhaft« und von »pädagogische[r] Strenge« (S. 51) beschrieben werden, zeichnet sich der jüngere Bruder durch »Weichheit und Zärtlichkeit« (S. 51) aus. Später erschrickt Aschenbach gar angesichts der »wahrhaft gottähnliche[n] Schönheit des Menschenkindes« (S. 57). Zu der erwähnten Weichheit passt auch, dass Tadzio bei Raufereien mit Altersgenossen (S. 137 f.) stets der Unterlegene ist.

Aschenbach beschreibt die Statur des Teenagers als »vormännlich hold« (S. 64). Bei der ersten Begegnung von Nahem bröckelt das Idealbild Tadzios ein wenig: Seine Zähne sind »etwas zackig«, blass und »ohne den Schmelz der Gesundheit«. Dem Adjektiv »zart«, das zuvor in der substantivierten Variante verwendet wurde, um die Schönheit des Jungen zu beschreiben, wird nun das Adjektiv »kränklich« beigestellt (S. 66), so dass es nun eher negativ belegt ist. Aschenbach sagt voraus, dass der Knabe nicht alt werden wird. Seine körperliche Schwäche lässt Tadzio nicht nur schön, sondern auch zerbrechlich wirken. Aschenbach reagiert allerdings auf diese Beobachtung mit »einem Gefühl der Genugtuung« (S. 66). Tadzio wird in Aschenbachs Augen durch diesen Makel eher attraktiver.

Körperliche Schwäche

Es scheint sogar, dass es gerade die Erinnerung an die Vergänglichkeit ist, die für Aschenbach Tadzios Reiz ausmacht. Das Objekt der Begierde ist kränklich, seine Lebenszeit begrenzt. Das macht den einzelnen Moment umso kostbarer. An eine tatsächliche Annäherung an den Jungen ist freilich nicht zu denken: Stets ist er in Begleitung seiner Familie oder Erzieherinnen. Selbst wenn Aschenbach einen Moment des Alleinseins erwischen könnte, muss davon ausgegangen werden, dass er seine Sehnsüchte für sich behält. Ein erwachsener Mann, der zudem berühmt und geadelt ist, kann sich einem Jüngling nicht annähern,

Vergänglichkeit und Verbot

selbst wenn die körperliche Komponente ausgespart bleiben würde.

Doch eine direkte, räumliche Annäherung ist gar nicht nötig. Der Verliebte und das Objekt seiner Sehnsucht kommunizieren aus der Ferne mit Blicken und vielsagenden Gesten: Tadzio lächelt Aschenbach an (S. 96) und scheint bewusst Wege zu gehen, die es dem Liebenden ermöglichen, ihn zu beobachten. Dieser verfolgt Tadzios Familie zwar durch die ganze Stadt, ist sich aber bewusst, dass einem Gespräch mit dem Jungendlichen Ernüchterung folgen würde (S. 89).

■ Tadzios Selbstinszenierung

Thomas Mann benutzt zwei antike Vergleiche, um Tadzio zu beschreiben. Bei der ersten Begegnung vergleicht er sein Aussehen mit dem des »Dornauszieher[s]« (S. 51), und später wird das Lächeln des Teenagers mit dem von Narziss gleichgesetzt (S. 96). Anhand dieser beiden Parallelen kann die langsame Veränderung im Verhalten Tadzios erläutert werden.

■ Der Dornauszieher

Statuen des Dornausziehers gibt es bereits seit der Antike, meist aus Marmor oder Bronze gearbeitet. Abgebildet ist ein nackter Knabe, der den linken Fuß auf dem rechten Knie hat und sich einen Dorn aus der Sohle zieht. Er sitzt auf einem Podest, seine Haltung ist meist aufrecht, der Kopf stets vornübergebeugt. Die ältesten Statuen dieser Art gibt es seit dem fünften vorchristlichen Jahrhundert. Im Mittelalter wird der Dornauszieher als Symbol für die Erbsünde verwendet, da der Knabe vom rechten Weg abgekommen und in eine Dorne getreten ist. Hier könnte eine Anspielung Thomas Manns vermutet werden, denn

Abb. 3.: Der sogenannte »Kapitolinische Dornauszieher«, Rom, 1. Jahrhundert v. Chr. – Wikimedia Commons CC BY-SA 3.0 / Jean-Pol Grandmont

mit der Begegnung zwischen Tadzio und Aschenbach beginnt der Protagonist endgültig vom ›rechten Weg‹ abzukommen: Er ist dem Jungen verfallen, was zur Selbstaufgabe und schließlich zum Tode führt.

Symbol für jugendliche Schönheit

Eine andere Deutung scheint aber wahrscheinlicher. Seit der Renaissance entwerfen zahlreiche Künstler ihre Statuen in Anlehnung an antike Vorbilder, da diese als Referenz für Schönheit und bildhauerische Perfektion gelten. Auch neuzeitliche Interpreten beziehen sich vor allem auf die äußere Form. In dem Aufsatz *Über das Marionettentheater* (1810) schreibt etwa Heinrich von Kleist von einem jungen Mann, den er in einer Badeanstalt getroffen hat: »Es traf sich, dass wir gerade kurz zuvor in Paris den Jüngling gesehen hatten, der sich einen Splitter aus dem Fuße zieht« – die Statue des Dornausziehers. Als der junge Mann in der Badeanstalt eine zufällige Bewegung macht, erinnert er den Erzähler und sich selbst kurz an diese Statue. Es gelingt ihm später jedoch nicht mehr, die Geste mit Absicht herzustellen, was mit der »natürlichen Grazie des Menschen« erklärt wird, der Perfektheit der Statue, die man nicht bewusst erzeugen kann.[3]

Etwa hundert Jahre später verwendet Thomas Mann den Dornauszieher als ähnliches Symbol. Tadzio, der noch nichts von seinem Verehrer weiß, wird mit der antiken Plastik verglichen. Sie wird als Referenz für Anmut und Schönheit herangezogen. Als Tadzio

3 Vgl. Heinrich von Kleist, *Werke in einem Band*, hrsg. von Helmut Sembdner, München 1966, S. 805 f.

sich seines Beobachters jedoch langsam bewusst wird, wechselt Thomas Mann die Symbolik. Der positiv belegte Dornauszieher wird nicht mehr verwendet, jedoch bleibt der Autor in der Antike, spricht nun aber vom »Lächeln des Narziß« (S. 96).

Gilt der Dornauszieher als Lichtgestalt, so ist Narziss einer der tragischen Figuren der griechischen Mythologie. Narziss ist der Sohn des Flussgottes Kephissos und der Wassernymphe Leriope. Er ist besonders schön und wird von Männern und Frauen gleichermaßen angehimmelt. Narziss, der sich seiner einzigartigen Schönheit bewusst ist, lässt alle Verehrer abblitzen. Als sich ein abgewiesener Verehrer bei der Göttin Nemesis beschwert, bestraft diese Narziss mit unstillbarer Selbstliebe. Als der Jüngling sein Spiegelbild auf der Wasseroberfläche eines klaren Gewässers sieht, verliebt er sich prompt in sich selbst. Die Geschichte hat je nach Überlieferung verschiedene Enden – allen gemeinsam ist die Tragik. In einer Version stirbt Narziss, da er die Unerfüllbarkeit seiner Liebe erkennt. In einer anderen bringt ein herabgefallenes Blatt die Wasseroberfläche in Bewegung, woraufhin sich der Junge als hässlich empfindet und sich selbst tötet. In einer dritten Version will er sein Spiegelbild küssen, fällt ins Wasser und ertrinkt. In allen drei Varianten wird anstelle seines Leichnams eine Narzisse gefunden.

■ Ovids Narziss

In Anlehnung an die antike Figur spricht man umgangssprachlich bei übertriebener Selbstverliebtheit von Narzissmus. Wer als Narzisst bezeichnet wird, ist dabei meist mit einem negativen Werturteil belegt. Aschenbach bescheinigt Tadzio zu Recht ein Lächeln des Narziss, denn dieser ist überhaupt nicht an seinem Verehrer interessiert, sondern sonnt sich nur in seiner Aufmerksamkeit: Er benutzt Wege, auf welchen er gut zu beobachten ist, und streift Aschenbachs Stuhl beim Vorbeigehen beinahe (S. 94). Und wenn sich die Blicke der beiden treffen, kann Tadzio ein »Forschen« und »nachdenkliches Fragen« (S. 95) nicht verbergen. Nur seiner guten Erziehung sei es geschuldet, dass er sich nicht noch einmal zu Aschenbach umdreht. Später beobachtet dieser sogar, dass die Erzieherin den Jungen regelrecht zurückziehen muss (S. 111).

Tadzios Veränderung

Anders als der zuvor erwähnte Jüngling bei Kleist büßt Tadzio seine Grazie beim bewussten Ausführen seiner Handlungen nicht ein. Aschenbach stimmt in die Selbstliebe Tadzios ein. Das bewusste Lächeln macht ihn so benommen, dass er in einen Park fliehen muss, wo er auf einer Bank niedersinkt und sich seine Liebe zu dem Jungen eingesteht (S. 97).

Auch wenn sich diese Interpretation gut in das Gesamtkonzept der Novelle einfügt, so ist doch Vorsicht geboten. Es ist nicht der Erzähler, der dem Leser das Verhalten von Tadzio erklärt. Es handelt sich um die Gedanken der Figur Aschenbach, die er dem Leser mitteilt. Das von Aschenbach auf diese Weise interpretierte Lächeln (S. 96 f.) kann auch ein Lächeln der Höflichkeit oder Verlegenheit sein. Die sich ständig kreuzenden Wege können auch der Tatsache geschuldet sein, dass Aschenbach die polnische Familie verfolgt und seinen Alltag ganz nach Tadzio ausrichtet.

Reales Vorbild?

Tatsächlich könnte es für die literarische Figur Tadzio ein reales Vorbild geben, das die obige Interpretation stützt. Wie im Kapitel 5 (»Quellen und Kontexte«) ausführlicher beschrieben, geht der Niederschrift der Novelle ein tatsächlicher Aufenthalt in Venedig voraus. Thomas Mann versichert selbst: »Nichts ist erfunden, alles war gegeben.«[4] Im August 1965 tritt ein polnischer Baron mit Namen Wladyslaw Moes an die Presse und verkündet »Ich bin Thomas Manns Tadzio«. Moes war zu diesem Zeitpunkt bereits selbst ein älterer Herr und will schon 1922 von einer Tanzpartnerin erfahren haben, dass er Vorlage für die Figur in der Novelle sein könnte. Für Literaturwissenschaftler scheint das plausibel zu sein: In Biografien Thomas Manns und Kommentaren zur Novelle gilt dies als bestätigt[5] und Bilder des jungen Barons werden zur Illustration herangezogen. Tatsächlich spricht einiges dafür. Herkunft und Rang der Familie ist deckungsgleich mit der Familie Tadzios. Außerdem will sich Moes wie Thomas Mann 1911 am Lido in Venedig aufgehalten haben, und er berichtet sogar von den Raufereien am Strand. Selbst der Name könnte passen. Aschenbach versteht anfänglich stets

4 *Gesammelte Werke in 13 Bänden*, hrsg. von Hans Bürgin, Frankfurt a. M. [2]1974, Bd. 11, S. 125.

5 Siehe zum Beispiel: Hans Rudolf Vaget, *Thomas Mann – Kommentar zu sämtlichen Erzählungen*, München 1984, S. 176.

»Adgio« oder »Adgiu« (S. 61) und der Rufname von Moes zu dieser Zeit war eine Verkürzung seines Vornamens zu »Wladzio« oder »Adzio«. Eine lautliche Ähnlichkeit ist klar vorhanden.

Drei ältere Schwestern hat Wladyslaw Moes allerdings nicht, und zweifeln lässt vor allem sein Alter, denn er ist im Jahr 1900 geboren und zur Zeit des Aufenthalts in Venedig gerade einmal zehn Jahre alt, während Tadzio von Aschenbach auf 14 geschätzt wird. Natürlich könnte Thomas Mann das Alter seiner Nebenfigur aber auch geändert haben, um dem ohnehin schon heiklen homoerotischen Motiv ein wenig an Brisanz zu nehmen.

Neuerdings werden auch andere Personen ins Spiel gebracht, die 1911 in Venedig verweilten und auf die mehrere der eben genannten Merkmale zutreffen. Zudem besteht auch die Möglichkeit, dass Thomas Mann sich mehrerer real existierender Vorbilder bediente oder die Figur des Tadzio gänzlich frei erfunden hat. Volker Hagen resümiert treffend: »Es bleibt Spekulation. Das Geheimnis um den schönen Tadzio, dessen Anblick den alten Aschenbach mit ›Zufriedenheit und Lebensfreude‹ erfüllt, dürfte kaum mehr zu lösen sein.«[6]

6 Volker Hage, »Tadzios schönes Geheimnis«, in: *Spiegel online* vom 21. 12. 2002 (www.spiegel.de/spiegel/print/d-25990846.html, Stand: 10. 9. 2018).

Die »Todesfiguren«

Die im Folgenden vorgestellten Figuren treten fast alle nur einmalig und stets sehr kurz auf. Normalerweise wären sie zu vernachlässigen, da es sich um alltägliche Begegnungen des Protagonisten mit Mitreisenden oder Dienstleistern handelt. Doch sind sie durch ein klares Leitmotiv miteinander verbunden: Alle verkörpern den personifizierten Tod, wie er teils aus antiken und teils mittelalterlichen Darstellungen bekannt ist. Sie begleiten Aschenbach durch die ganze Handlung, verweisen von Anfang an auf das Novellenende und signalisieren immer wieder, dass sein Schicksal determiniert und der nahende Tod unausweichlich ist.

Sechs Boten des Todes

Insgesamt lassen sich sechs Figuren mit eindeutiger Symbolik ausmachen, die mal mehr mal weniger ausgeprägt ist: Sie sind meist rothaarig, zeichnen sich durch einen hageren Körperbau aus, ihr Kopf erinnert Aschenbach an einen Totenschädel und ihre Kleidung entspricht meist der eines Wanderers. Zudem wirken sie stets fremdartig und unheimlich auf den Protagonisten.

Der Fremde in München

Die erste ist der Fremde am Münchner Nordfriedhof, der überhaupt erst die Lust zu reisen in Aschenbach weckt (S. 11 f.). Er gehört »zum rothaarigen Typ und besaß dessen milchige und sommersprossige Haut« und sieht dabei überhaupt nicht bayrisch aus (S. 11). Sein Adamsapfel tritt hervor, die Augen sind farblos und rotbewimpert, die Nase und die Lippen zu kurz, die Zähne und das Zahnfleisch freigelegt, so dass von einer »physiognomische[n] Entstellung« (S. 12) gesprochen wird. Dies alles erinnert an einen Totenschädel. In mittelalterlichen oder frühneuzeitlichen Darstellungen tritt Gevatter Tod als Skelettgestalt mit Totenschädel auf. Zudem trägt der Fremde einen Basthut, Stock, Gurtanzug und Rucksack, was auf Hermes anspielt. Dieser ist in der griechischen Mythologie nicht nur Götterbote und Schutzherr der Reisenden, sondern er geleitet auch die Seelen der Verstorbenen in den Hades. Die Pose des fremden Wanderers – er stützt sich »bei gekreuzten Füßen« (S. 12) auf seinen Stock – spielt auf den griechischen Totengott Thanatos an. Er steht für einen sanften Tod und ist der Bruder des Hypnos, des Gottes des Schlafs. In zahlreichen Darstellungen stützt er sich ebenso auf einen Stock. Weil der Fremde einfach auftaucht und ebenso plötzlich wieder verschwindet, erhält der Leser den Eindruck, er könnte auch bloße Halluzination Aschenbachs sein.

■ Matrose

Ein Matrose, der auf dem Dampfer nach Venedig die Fahrscheine ausstellt, symbolisiert ebenso den Tod. Wie schon der Fremde in München trägt er einen Hut, er wirkt auf Aschenbach wie ein altmodischer Zirkusdirektor, zudem ist er bucklig und unreinlich (S. 32), seine Finger knochig (S. 33). Das auffälligste Merkmal ist sein Ziegenbart. Nicht selten wird der Teufel in christlichen Darstellungen als gehörnte Gestalt mit Hufen und Ziegenbart dargestellt. Das Dampfschiff selbst liefert die passende Szenerie, es ist »veraltet, rußig und düster« (S. 32).

An Bord befindet sich eine Clique junger Einheimischer. Unter sie hat sich ein Alter gemischt, und Aschenbach stellt mit Entsetzen fest, dass »der Jüngling falsch war« (S. 34): Er trägt Perücke, färbt seinen Bart, ist stark geschminkt und verträgt den Alkohol sehr viel schlechter als seine Kameraden, denn »er war kläglich betrunken« (S. 38). Wie schon die beiden anderen Boten des Todes trägt auch er einen Strohhut. An seinen Händen erkennt man schnell sein wahres Alter, es sind »die eines Greises« (S. 35), seine Finger sind zittrig und der Zeigefinger runzlig (S. 39). Die groteske Begegnung wird auf die Spitze getrieben, als der Betrunkene Aschenbach anspricht und dabei sein Gebiss verliert. Der Alte erinnert den Reisenden an die Vergänglichkeit des Lebens und zieht seinen Hass auf sich. Die beiden Figuren an Bord des Dampfers verfolgen Aschenbach bis in seine Träume, als er mit einem Buch im Schoße kurz eingenickt ist.

■ Falscher Jüngling

Die eindeutigste Todesfigur ist der Gondoliere (S. 41–47). Seine Gondel wird mit einem Sarg verglichen und »erinnert noch mehr an den Tod selbst« (S. 41), da sie sargschwarz lackiert ist. Der Gondoliere korrespondiert stark mit dem Wanderer in München. Er trägt einen »formlosen Strohhut«, aufgrund der »kurz aufgeworfenen Nase« sieht er ebenfalls fremdartig und nicht italienisch aus. Er ist »schmächtig von Leibesbeschaffenheit«, »von ungefälliger, ja brutaler Physiognomie« und blickt den Reisenden unter seinen »rötlichen Brauen« unentwegt an (S. 43). Auch die Lippen, die weit zurückstehen und die Zähne freile-

■ Gondoliere

gen, entsprechen dem Wanderer. Der Gondoliere bestimmt, dass Aschenbach eine weitere Strecke als ausgemacht mit ihm fährt. Nach kurzen Widerworten ergibt sich der Reisende in sein Schicksal. Auf die Frage, was die Überfahrt denn koste, antwortet der Gondoliere vielsagend: »Sie werden bezahlen« (S. 45) – eine Vorausdeutung auf das tödliche Ende der Novelle.

Aschenbach befürchtet, er habe es mit einem Verbrecher zu tun, der es nur auf seine Barschaft abgesehen habe und ihn womöglich »mit einem Ruderschlage ins Haus des Aides« (S. 45) schicken könne. »Aides« ist eine Variante des Namens »Hades«, mit dem in der griechischen Mythologie nicht nur der Gott der Unterwelt, sondern auch die Unterwelt selbst bezeichnet wird. Die Fahrt in einem Sarg, deren Ziel der Reisende selbst nicht bestimmen kann, erinnert an das Übersetzen in den Hades über den Fluss Styx, der Ober- und Unterwelt trennt. Der Gondoliere entspräche dann dem Fährmann Charon, der die Seelen der Verstorbenen gegen einen Obolus begleitet. Die mystische Erscheinung des Gondoliere wird durch sein plötzliches Auftauchen und Verschwinden unterstrichen – auch dies ist eine Parallele zum Wanderer am Münchener Nordfriedhof.

Musikant

Vier Straßensänger treten im Hotel des Protagonisten auf, wobei sich einer besonders hervortut (S. 108–115). Er ist »eher schmächtig von Leibesbeschaffenheit« und hat ein »bleiches, stumpfnäsiges Gesicht« (S. 112), wird als »schäbig[]« (S. 111) und in Antithesen beschrieben: »halb Zuhälter, halb Komödiant«, »gefährlich und unterhaltend« (S. 112). Wie schon der Gondelführer und der Wanderer ist er ein Fremder, denn »[e]r schien nicht venezianischen Schlages« (S. 111 f.). Es wird angedeutet, dass auch er einen Hut trägt: »unter der Krempe« (S. 111). Ebenso wie beim Fremden in München fällt »sein hagerer Hals mit auffallend groß und nackt wirkendem Adamsapfel« (S. 112) ins Auge, und außerdem hat er ebenfalls rotes Haar (S. 111). Als er nach der Vorstellung sein Geld einsammeln will, kommt er Aschenbach so nahe, dass er seinen Geruch wahrnehmen kann. Er muss nach Fäulnis oder Desinfektionsmitteln riechen, denn Aschenbach, der mittlerweile bemerkt, dass in der Stadt etwas nicht stimmt, fragt ihn, warum die Stadt desinfiziert wird. Er erhält jedoch nur Ausreden als Antwort.

■ Frisör

Das Aussehen des Frisörs, der von Aschenbach auch als »Schwätzer« (S. 98, 129) bezeichnet wird, wird nicht näher beschrieben, weswegen er auch weniger stark mit den anderen Vorboten des Todes verbunden ist. Im Gespräch mit ihm erfährt Aschenbach zum ersten Mal, dass ein »Übel« (S. 98) in der Stadt ist. Weitere Auskünfte verweigert der Frisör jedoch. Der Haarschneider sorgt dafür, dass Aschenbach dem falschen Jüngling ähnlich wird, denn er schminkt Aschenbach und färbt sein graues Haar. Der Protagonist unterzieht sich einer Verjüngungskur, für die er zuvor dem falschen Jüngling deutlichen Hass entgegengebracht hat. Beiden alternden Männern gelingt es nicht, durch Veränderung des Äußeren ihre Jugend wiederherzustellen. Nach der Verwandlung Aschenbachs bescheinigt der Frisör: »Nun kann der Herr sich unbedenklich verlieben« (S: 131). Dies ist bereits geschehen, und diese Liebe ist letztendlich Grund für Aschenbachs Selbstaufgabe und Tod. Als Aschenbach den Frisörsalon verlässt, erinnert sein Äußeres an die übrigen Todesfiguren: Er trägt eine rote Krawatte und Strohhut.

Tadzio

Mit Abstrichen könnte man auch den jungen Tadzio als Todesboten bezeichnen. Schließlich ist er der Ausgangspunkt der Kausalkette, die zu Aschenbachs Selbstaufgabe und somit zu seinem Tod führt. Und wie im vorherigen Kapitel gezeigt, wird er ebenfalls mit Anzeichen des körperlichen Verfalls beschrieben.

Personifikation des Leitmotivs

Wie eingangs bereits erwähnt, fällt es schwer, bei den sechs Todesfiguren von literarischen Figuren im engeren Sinne zu sprechen. Mit Ausnahme des Frisörs treten sie nur einmal auf, und einige kommen selbst nicht zu Wort oder sagen nur wenige Sätze. Deshalb könnte man hier auch von einer Personifikation des Leitmotivs sprechen. Der Tod ist in der Novelle allgegenwärtig, auch Handlungsorte wie der Münchner Nordfriedhof, der heruntergekommene Dampfer und das allmählich verwitternde Venedig erinnern an den Tod. Bevor er Aschenbach endgültig mitnimmt, tritt der Tod in Form der sechs eben vorgestellten Figuren auf, um sich anzukündigen und ihn schließlich selbst diesen Figuren, d. h. dem Tod, anzuverwandeln.

4. Form und literarische Technik

Gattung und Aufbau

Thomas Manns *Der Tod in Venedig* lässt sich schon durch die Selbstbezeichnung im Untertitel eindeutig der Gattung Novelle zuordnen. Zahlreiche Literaturwissenschaftler bezeichnen den *Tod in Venedig* sogar mit guten Gründen (auch wenn einige Besonderheiten angesprochen werden müssen) als prototypische Novelle, oft beim Versuch zu definieren, was eine Novelle überhaupt ist.

■ Prototypische Novelle

Eine eindeutige Abgrenzung zu anderen Prosagattungen – der Kurzgeschichte auf der einen und dem Roman auf der anderen Seite – ist schwierig. Nach Goethe berichtet eine Novelle stets von einer »unerhörten Begebenheit«, doch dieses Kriterium allein genügt nicht zu einer aussagekräftigen Definition. Es lässt sich ebenso auf andere Genres anwenden. Auch verschiedene andere Definitionsversuche müssen als zu weit oder zu eng abgelehnt werden.

■ Novellendefinition

Stattdessen kann ein Bündel von Merkmalen benannt werden, die von potenziellen Novellen mehr oder weniger erfüllt werden. Je mehr Merkmale auf eindeutige Weise zutreffen, desto eindeutiger ist ein literarisches Werk als Novelle anzusehen.

■ Bündel …

Novellen erwecken normalerweise den Anschein historischer Wahrheit oder zumindest Wahrscheinlichkeit. Sie sind relativ kurz und sollen innerhalb eines Tages gelesen werden können. Die Handlung

■ … von Merkmalen

wird geradlinig erzählt, es gibt wenig Vorgriffe oder Rückgriffe und die Chronologie wird nicht aufgebrochen. Ein zentraler Konflikt liegt stets vor und er wird durch einen oder mehrere (oft unvorhergesehene) Wendepunkte ansprechend ausgestaltet. Viele Novellen haben zentrale Leitmotive, häufig in Form von sogenannten Dingsymbolen, d.h. immer wiederkehrenden Gegenständen, Pflanzen oder Tieren mit symbolischer Bedeutung. Nach Fritz Martini gibt es ab der zweiten Hälfte des 19. Jahrhunderts häufig Protagonisten mit einem »psychologisch besonderen Charakter« und einer »inneren seelischen Bewegung«.[7]

Merkmale der Novelle	***Der Tod in Venedig***
»unerhörte Begebenheit«	Ein Fall von Knabenliebe ist eine »unerhörte Begebenheit«.
relative Kürze	Ein geübter Leser kann die Novelle auch heute an einem Tag lesen.
Anschein historischer Wahrheit	Orte in München und Venedig sind korrekt dargestellt und können geografisch verortet werden.
geradliniges Erzählen	Die Chronologie wird beibehalten und nur durch zusätzliche Informationen unterbrochen.
zentraler Konflikt	Aschenbachs verbotene Liebe
Wendepunkte	Entschluss, länger in Venedig zu bleiben, und der Ausbruch der Cholera

7 Fritz Martini, »Die deutsche Novelle im Bürgerlichen Realismus. Überlegungen zur geschichtlichen Bestimmung des Formtyps«, in: Josef Kunz (Hrsg.), *Novelle*, Darmstadt [2]1972, S. 371.

Leitmotiv (häufig als Dingsymbol)	kein Dingsymbol, aber verschiedene Figuren mit Symbolcharakter, die den Tod repräsentieren
psychologische oder seelische Bewegung	Der anfangs gefasste Aschenbach verliert die Kontrolle über sein Handeln.

Die Liste ist nicht abschließend. Da aber bereits alle diese Merkmale eindeutig erfüllt werden, wird *Der Tod in Venedig* mit Recht als prototypische Novelle angesehen.

Weiteres Merkmal: Nähe zum klassischen Drama

Ein weiteres wichtiges Kennzeichen der Novelle ist die Nähe zum klassischen Drama, die im Folgenden etwas ausführlicher erläutert wird.

Thomas Mann selbst bezeichnet den Tod in Venedig 1930 als »novellistische Tragödie«[8]. An anderer Stelle sagt er: »Es ist eine richtige Tragödie«[9] und lässt dabei offen, ob er sich auf den negativen Ausgang der Novelle oder die dramatische Untergattung bezieht. Mit der Einteilung in fünf Kapitel orientiert sich Thomas Mann jedoch eindeutig an der klassischen (aristotelischen) Dramentheorie. Nicht nur rein äußerlich, sondern auch inhaltlich gibt es Überschneidungen. Wird heute über die Struktur des klassisch-antiken Dramas und seiner neuzeitlichen Entsprechungen gesprochen, so bezieht man sich meist auf den auf Gustav Freytag zurückgehenden pyramidalen Auf-

Klassisches Drama

8 Vgl. Dierks (Anm. 2), S. 18.

9 Ehrhard Bahr, *Erläuterungen und Dokumente. Thomas Mann, »Der Tod in Venedig«*, Stuttgart 1991, S. 124.

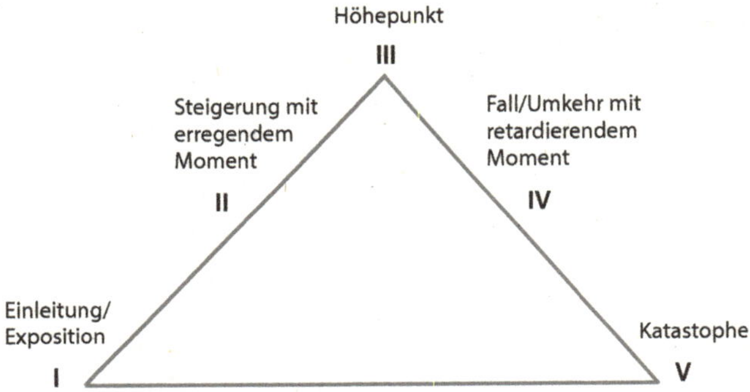

Abb. 4: Dramenstruktur nach der sogenannten »Freytag-Pyramide«

bau, »der die Anordnung durch Linien verbildlicht«[10], die sogenannte »Freytag-Pyramide«.

■ Exposition – erstes Kapitel

Im ersten Akt eines klassischen Dramas werden die Zuschauer in die Figuren oder in einen Teil der Figuren eingeführt. Analog hierzu erfährt der Leser hier, mit wem er es zu tun hat. Er lernt Gustav von Aschenbach als scharfen Beobachter und mit dem Fremden am Nordfriedhof auch die erste Figur mit eindeutiger Todessymbolik kennen.

■ Sonderfall – zweites Kapitel

Das zweite Kapitel ist weitaus schwieriger in das antike Regeldrama einzupassen. Im Drama ist hier eine steigende Handlung auszumachen, doch in Thomas Manns Novelle fehlt die äußere Handlung vollständig. Trotzdem passen die beiden Phasen gut zueinander,

10 Gustav Freytag, *Die Technik des Dramas* [1863], unveränderter Nachdr., Darmstadt 1969, S. 102.

wenn man bedenkt, dass im *Tod in Venedig* die psychologische Entwicklung des Protagonisten aufgezeigt werden soll. Damit der Leser das für Aschenbach eigentlich untypische Verhalten in der zweiten Hälfte der Novelle verstehen kann, muss ein ausführliches Psychogramm der Hauptfigur erstellt werden. Nur wer seine pflichtbewusste Einstellung zur Arbeit kennt, versteht die Neuartigkeit des Müßiggangs in Venedig. Darüber hinaus wird die Fallhöhe des Protagonisten verdeutlicht. Es handelt sich nicht um einen beliebigen Tunichtgut, der in Venedig zu Grunde geht, sondern es ist ein Autor von Weltruhm, dessen Werke zum Schulbuchkanon gehören und der für seine Verdienste sogar geadelt wurde. In der antiken und neuzeitlichen Tragödie zeichnen sich Figuren bis ins 19. Jahrhundert ebenfalls durch hohen Stand und herausragende Fähigkeiten aus, was ihrem Schicksal erst die Tragik verleiht.

Anders argumentierend kann man auch sagen, Thomas Mann verzichtet auf eine steigende Handlung und vertieft stattdessen die Exposition, bevor er die steigende Handlung mit erregendem Moment am Beginn des dritten Kapitels nachholt: die Reise nach Italien und die Überfahrt nach Venedig.

Höhepunkt und zugleich Wendepunkt ist die Begegnung mit Tadzio im dritten Kapitel. Das Verhalten Aschenbachs verändert sich nun. Er will länger in der Stadt bleiben und richtet sein Leben gänzlich auf den Geliebten aus. Es beginnt der psychische und physische Verfall des Protagonisten.

Wendepunkt – drittes Kapitel

Man kann demnach von einer fallenden Handlung

Cholera entspricht Katastrophe – viertes und fünftes Kapitel

sprechen, die in der Katastrophe endet. Das vierte Kapitel enthält ein retardierendes Moment. Es wird innegehalten, bevor die Katastrophe mit dem Ausbruch der Cholera ihren Lauf nimmt. Mit dem Beschreiben des Urlaubsalltags und der Diskussion theoretischer Natur verzögert Thomas Mann geschickt, was im darauffolgenden Kapitel passiert. Die Katastrophe endet schließlich in der völligen Selbstaufgabe Aschenbachs, seinem Zusammenbruch und dem Tod im Hotelzimmer.

Einheit von Ort und Zeit

Andere Vorgaben der klassischen Regelpoetik, der verbindlichen Vorgaben für die Gestaltung eines Dramas, insbesondere die Einheit von Ort und Zeit, erfüllt *Der Tod in Venedig* nur teilweise. Mit München und Venedig gibt es zwei Hauptschauplätze, und im dritten Kapitel werden mehrere weitere Reisestationen Aschenbachs erwähnt. Die erzählte Zeit erstreckt sich über knapp zwei Monate, wobei das erste, dritte und fünfte Kapitel für sich gesehen über kurze Zeiträume berichten. Zwischen diesen liegen jedoch zwei beziehungsweise vier Wochen. In den beiden übrigen Kapiteln wird der Leser über die gesamte Biografie und den Urlaubsalltag des Protagonisten informiert. Bleibt anzumerken, dass die Einheit von Ort und Zeit schon im klassischen deutschen Drama aufgeweicht wird und so eine weitere Parallele zwischen *Der Tod in Venedig* und dem klassischen (deutschen) Drama besteht.

Wir haben es hier mit einer vergleichsweise modernen Literaturgattung zu tun – in Deutschland kommt die Novelle zu Beginn des 19. Jahrhunderts auf –, die sich Vorgaben zu eigen macht, die letztlich auf antike, genauer: aristotelische Gattungstraditionen zurückgeführt werden können. Auch die Handlung und Symbolik orientiert sich immer wieder an antiken Motiven (siehe Kapitel 3 und 6 dieses Lektüreschlüssels, S. 39 und 82–86). Rückbesinnung auf antike Literatur ist auch ein Merkmal der Schiller-und-Goethe-Zeit, also der deutschen Klassik. Deswegen und weil Thomas Mann mit dieser Novelle Maßstäbe setzt, an welchen sich Folgegenerationen orientieren, spricht man zu Recht nicht nur von einer prototypischen, sondern auch von einer »klassischen« oder »klassizistischen« Novelle. Tatsächlich wird *Der Tod in Venedig* oft herangezogen, um Gattungsmerkmale einer Novelle zu bestimmen.

■ Klassizistische Novelle

Sprache und Stil

Die Sprache des *Tod in Venedig* bewegt sich auf einer hohen Stilebene: Immer wieder benutzt Thomas Mann rhetorische Figuren, eine rhythmisierte Sprache, Vergleiche und sprachliche Bilder, die nur mit einem humanistischen Bildungshintergrund zu entschlüsseln sind (siehe dazu auch Kapitel 6, S. 69–79, dieses Lektüreschlüssels). Oftmals steht der ästhetische Genuss deutlich über der bloßen Informationsvermittlung. Eine hohe Stilebene ist nach der klassischen Regelpoetik typisch für die Tragödie.

■ Hoher Stil

Hier sollen exemplarisch zwei Textstellen angeführt werden. Der Satz

■ Bildreiche Sprache

> »Stärkerer Wind erhob sich, und die Rosse Poseidons liefen, sich bäumend, daher, Stiere auch wohl, dem Bläulichgelockten gehörig, welche mit Brüllen anrennend die Hörner senkten« (S. 92 f.)

erwähnt den griechischen Gott des Meeres, Poseidon, und dessen Rosse. Ausgesagt wird lediglich, dass die Wellen aufgrund des aufkommenden Winds stärker werden. Ebenso sagt der folgende Satz auf der reinen Bedeutungsebene nur aus, dass die Sonne scheint und Ostwind aufkommt:

> »Nun lenkte Tag für Tag der Gott mit den hitzigen Wangen nackend sein gluthauchendes Viergespann durch die Räume des Himmels, und sein gelbes Gelock flatterte im zugleich ausstürmenden Ostwind« (S. 77).

Das gluthauchende Vierergespann spielt auf den Sonnengott Helios an. Die Fahrt seines Sonnenwagens, der von vier Pferden gezogen wird, verbildlicht den Verlauf der Sonne am Firmament.

Rhythmisierte Sprache

Doch nicht nur sprachliche Bilder, sondern auch der Sprechrhythmus ist an antiken Sprachbildern angelehnt. Beim lauten Vorlesen fallen einige daktylische Hexameter auf. Das sind Verse, wie sie beispielsweise im Heldengesang des antik-griechischen Dichters Homer angetroffen werden. Auf eine betonte folgen zwei unbetonte Silben und pro Vers liegen sechs Hebungen vor, wobei der letzte Versfuß oft unvollständig ist.

»Dánn schien es | íhm wohl, als | séi er ent-|rűckt, ins e-|lýsische | Lánd, an die | Grénzen der | Érde, wo | léichtestes | Lében der | Ménschen be-|schért ist.« (S. 79)

Diese Beispiele verdeutlichen, dass Thomas Manns Novelle zu Recht als besonders dichtes Prosawerk bezeichnet wird. Selbst im scheinbar Beiläufigen steckt eine Bildgewalt, die ihre Kraft vor allem aus zahlreichen Anspielungen auf die antike Götter- und Sagenwelt zieht, und diese wird auch durch die Sprachmelodie veranschaulicht.

Erzählform und -verhalten

Erzählform: Er-Erzählung

Die Erzählform ist schnell beschrieben: Der Erzähler der Novelle berichtet in der dritten Person Singular. Er ist keine eigenständige Figur der Handlung, sondern steht als vermittelnde Instanz zwischen den Figuren und dem Leser.

Schwieriger wird es mit dem Erzählverhalten. In seinem typologischen Modell der Erzählsituationen unterscheidet Franz Karl Stanzel drei Verhaltensweisen des Erzählens: Der neutrale Erzähler berichtet über die Ereignisse und nimmt keinerlei Wertungen vor. Der personale Erzähler berichtet aus der Sicht einer Person, muss dabei aber nicht unbedingt die Innenperspektive einnehmen. Der auktoriale Erzähler tritt deutlich als Erzähler hervor und kann Vor- und Rückgriffe machen, sowie das Geschehen kommentieren. Der vor-

Erzählverhalten: auktorial und personal

liegende Erzähler ist zwischen dem zweiten und dem dritten Typus anzusiedeln. Einerseits wird die Handlung aus der Sicht Aschenbachs geschildert und der Leser kennt seine Gedanken und seine Gefühle, während man beispielsweise keine Zusatzinformationen über Tadzio erhält. Andererseits trägt das Erzählen aber klare Züge des Auktorialen. Das zweite Kapitel stellt einen Einschub des Erzählers dar, der dem Leser genau schildert, mit wem er es zu tun hat. Außerdem wird das Verhalten des Protagonisten immer wieder mit ironischer Distanz bewertet. Beispiele:

> »Aschenbach war zur Selbstkritik nicht mehr aufgelegt« (S. 89).

Oder:

> »Es ist sicher gut, daß die Welt nur das schöne Werk, nicht auch seine Ursprünge, nicht seine Entstehungsbedingungen kennt« (S. 87 f.).

Außerdem wird Aschenbach mit ironisierenden Kennzeichnungen belegt: »der Einsame« (S. 107, 113), »der Alternde« (S. 29, 110), »der Verliebte« (S. 100, 111) oder »der Berückte« (S. 131).

Da das Erzählverhalten zwischen personalem und auktorialem wechselt, ist der Leser sich oft nicht sicher, ob er gerade direkt an Aschenbachs Gedanken teilhat oder ob der Erzähler berichtet. Ebenso vermischt sich die Wiedergabe der sinnlichen Wahrnehmung Aschenbachs immer wieder mit der Beschreibung der Szenerie. In der Literaturwissenschaft hat sich hierfür der Fachbegriff »Bewusstseinsstrom« eingebürgert. Es handelt sich um eine Übersetzung aus dem Englischen (*stream of consciousness*). Die literarische Technik ist besonders in *Ulysses* (1922) von James Joyce, in der deutschen Literatur vor allem bei Alfred Döblins *Berlin Alexanderplatz* (1929) zu beobachten. Bei dieser Montagetechnik werden subjektive Eindrücke der Figuren, wie Gefühle, Gedanken und Wahrnehmungen frei mit objektiven Beobachtungen des Erzählers gemischt. Beim *Tod in Venedig* werden zudem noch antike Motive oder ein ganzer sokratischer Dialog eingearbeitet. Dank dieser Technik gelingt es Thomas Mann, Figuren, vor allem die Todesboten, scheinbar unmittelbar auftauchen zu lassen. Diese Unmittelbarkeit entsteht ganz ohne typische Phrasen im Sinne von »aus dem Nichts tauchte ein Fremder auf«, sondern der Leser erlebt das plötzliche Auftreten zwischen den Zeilen ebenso, wie es der Protagonist erlebt.

■ Bewusstseinsstrom

Der Erzähler berichtet stets im Präteritum. Auch das zweite Kapitel, das allgemeine Informationen zu Aschenbach liefert, bildet keine Ausnahme. Hin und wieder wird, um Spannung und Unmittelbarkeit zu erzeugen, bei entscheidenden Szenen in das Präsens gewechselt. So zum Beispiel bei der Überfahrt nach Venedig in der Gondel (S. 46).

■ Präteritum und Präsens

5. Quellen und Kontexte

Wie bei vielen modernen Autoren kann man auch bei Thomas Mann den Entstehungsprozess einiger Werke detailliert nachvollziehen, da sein Nachlass der Literaturwissenschaft zugänglich gemacht wurde. Auch zum *Tod in Venedig* liegen Arbeitsnotizen sowie eine Vielzahl von Querverweisen in Redemanuskripten oder Briefen vor. Thomas Mann selbst versucht auch gar nicht den Entstehungsprozess seiner Werke zu verschleiern: »Denn man ist Dichter nicht, indem man sich etwas ausdenkt, sondern man ist es, indem man aus den Dingen etwas macht.«[11]

Thomas Manns eigene Biografie

Die wichtigste Quelle Thomas Manns ist seine eigene Biografie. Einige Bezüge zwischen Thomas Mann und Gustav Aschenbach wurden bereits in Kapitel 3 dieses Lektüreschlüssels genannt und werden hier nur kurz wiederholt: Aschenbachs Werke (S. 18 f.) sind allesamt Projekte, die Thomas Mann begonnen, aber nicht beendet hat. Seine Biografie findet einige Parallelen in der Thomas Manns, während sein Aussehen dem während der Entstehungszeit von *Der Tod in Venedig* verstorbenen Komponisten Gustav Mahlers entspricht. Auch über die Figur Tadzio und die Möglichkeit eines realen Vorbildes wurde in Kapitel 3 bereits berichtet.

Direkter Anlass zum Verfassen der Novelle dürfte eine Italienreise der Familie Mann im Jahr 1911 gewe-

11 *Gesammelte Werke in 13 Bänden*, hrsg. von Hans Bürgin, Frankfurt a. M. ²1974, Bd. 10, S. 592.

sen sein. Am 6. Mai bricht die Familie von München nach Italien auf und gastiert für zehn Tage auf der Adria-Insel Brioni. Thomas Mann notiert in sein Tagebuch: »Es gefiel uns nicht sehr.« Also zieht die Familie Mitte Mai weiter nach Venedig, wo auch Heinrich Mann zu ihnen stößt. Die Familie mietet sich im Grand Hotel Des Bains ein. In diesem Hotel verweilt auch Aschenbach (S. 47), und es ist noch heute eines der prestigeträchtigsten Hotels in Venedig. Seit einigen Jahren heißt der Speisesaal, in welchem die Figuren Aschenbach und Tadzio immer wieder aufeinandertreffen, »Sala Thomas Mann«.

Venedig-aufenthalt

Ende Mai verfasst Thomas Mann am Lido einen Beitrag für die Zeitschrift *Der Merker* mit dem Titel »Über die Kunst Richard Wagners«. Literaturwissenschaftler gehen davon aus, dass dies »in Gegenwart des schönen Polenknaben«[12] geschieht, denn auch im *Tod in Venedig* wird ein kleine Prosaschrift über Ästhetik erwähnt (S. 87), die Aschenbach in Anwesenheit Tadzios verfasst.

Beitrag für *Der Merker*

Während der Zeit in der Lagunenstadt erfährt Thomas Mann vom Tod des Komponisten Gustav Mahler, und er verarbeitet diesen unverzüglich, indem er seiner Figur Aschenbach dessen Aussehen schenkt. Mit der Cholera kommt Thomas Mann bereits auf einer früheren Reise in Berührung. 1905 muss er einen Aufenthalt an der Ostsee vorzeitig abbrechen, da im nahen Danzig die Cholera ausgebrochen ist. Anfang

12 Dierks (Anm. 2), S. 14.

des 20. Jahrhunderts war die Cholera in europäischen Hafenstädten keine Seltenheit. Kurz bevor Thomas Mann mit der Arbeit an der Novelle beginnt, hat er eine weitere Begegnung mit einer ansteckenden Krankheit, denn seine Frau Katja erkrankt an der Tuberkulose. Der Autor verknüpft in seiner Novelle also die akuten Eindrücke aus Venedig und die Erkrankung seiner Frau mit einem Reiseerlebnis, das bereits einige Jahre zurückliegt.

Niederschrift

Anfang Juni reist die Familie zurück nach München und wenige Wochen später beziehen sie das Winterquartier in Bad Tölz, wo Thomas Mann mit der Arbeit an der Novelle beginnt. Der Autor notiert hierzu:

> »Ich bin bei der Arbeit: eine recht sonderbare Sache, die ich aus Venedig mitgebracht habe, Novelle, ernst und rein im Ton, einen Fall von Knabenliebe bei einem alternden Künstler behandelnd. Sie sagen nun ›hum, hum!‹ Aber es ist sehr anständig.«[13]

Literarische Quellen wie Nietzsches *Geburt der Tragödie*, der von Platon niedergeschriebene Dialog *Phaidros* und weitere biografische Bezüge werden im folgenden Kapitel im Kontext der Interpretationsansätze vorgestellt.

13 Gert Heine / Paul Schommer, *Thomas Mann Chronik*, Frankfurt a. M. 2004, S. 59.

6. Interpretationsansätze

Da die meisten Interpretationsansätze der Novelle direkt oder indirekt mit der Hauptfigur zu tun haben, wird diese hier besonders viel Raum einnehmen. Es werden aber nur bisher unerwähnte Teilaspekte behandelt.

Thomas Mann und Gustav Aschenbach

■ Auffällige Parallelen

Bereits auf den ersten Blick bieten sich einige Parallelen zwischen Hauptfigur und Autor: Beide sind erfolgreiche Schriftsteller und haben homoerotische Neigungen, welchen sie aufgrund der Verhältnisse der Zeit, in welcher sie leben, nicht offen nachgehen können. Beide stammen aus wohlhabenden Familien und sind mit großem Leistungsdruck aufgewachsen: »[S]chon als Jüngling von allen Seiten auf die Leistung [...] verpflichtet, hatte er niemals den Müßiggang, niemals die sorglose Fahrlässigkeit der Jugend gekannt« (S. 20). Selbst biografische Details wie die fremdländische Herkunft der Mutter (S. 19) werden kaum verhüllt. Bereits im vorherigen Kapitel (S. 60 f.) wurde eine Venedigreise der Familie Mann angesprochen. Reiseroute, Hotel und Begegnung mit einem attraktiven Teenager stimmen überein.

■ Abweichungen

Andere Aspekte von Aschenbachs Charakter haben keine autobiografische Natur: Während Thomas Mann bis an sein Lebensende mit seiner Frau Katia verheiratet ist, verstirbt die Frau des Protagonisten

Aschenbach nach kurzer, aber glücklicher Ehe (S. 29). Thomas Mann hat, als er seine Novelle verfasst, vier Kinder, und später kommen zwei weitere hinzu. Aschenbach hingegen besitzt nur eine Tochter, die bereits verheiratet ist (S. 29). Außerdem ist Aschenbach deutlich betagter und erfolgreicher als sein reales Pedant. Seit Thomas Mann mit den *Buddenbrooks* im Jahr 1901 der literarische Durchbruch gelungen ist, folgen zwar weitere Veröffentlichungen, die jedoch nicht an den Erfolg anknüpfen können. Erst *Der Tod in Venedig* selbst wird von Kritikern und Lesepublikum gleichermaßen gefeiert. Von einer Standeserhöhung in den Adelsstand (S. 9), wie sie Aschenbach erfahren hat, war Thomas Mann zur Zeit der Niederschrift der Novelle weit entfernt (nach dem Ersten Weltkrieg gab es dergleichen gar nicht mehr). Und die »bewundernde, fordernde Teilnahme« eines »breiten Publikums« (S. 20) musste sich der reale Autor noch erarbeiten. In den folgenden 40 Jahren ist ihm dies jedoch gelungen.

■ Andere Werke

Dass Thomas Mann in seinen Werken Autobiografisches direkt verarbeitet, ist keine Seltenheit. *Mario und der Zauberer* (1930) ist ebenfalls von einer Italienreise der Familie inspiriert und bis auf das tragische Ende stimmen alle Ereignisse mit dem tatsächlich Erlebten überein. *Buddenbrooks* (1901) schildert über mehrere Generationen den Niedergang einer reichen Kaufmannsfamilie. Als Vorlage dient dem Autor seine eigene Familie, und auch wenn die Stadt Lübeck nicht ausdrücklich erwähnt wird, so ist doch offensichtlich, dass sie der Handlungsort sein muss. In *Der Zauber-*

berg (1924) tritt Pribislav Hippe, ein von fern geliebter Mitschüler, auf. Hier verarbeitet Thomas Mann die Liebschaft zu Williram Timpe, Sohn des Lehrers, bei dem er in seinem letzten Schuljahr wohnt. Diese Aufzählung kann beliebig fortgesetzt werden.

Die eindeutigen Parallelen zwischen Autor und Figur sowie zwischen realer und fiktionaler Reise lassen eine recht einfache und deswegen aber möglicherweise vorschnelle Gesamtinterpretation der Novelle zu: Thomas Mann bewältigt Erlebtes durch die bewusste schriftstellerische Auseinandersetzung. Triebe, Wünsche und Affekte, die er im wirklichen Leben nicht ausleben kann, treten im künstlerischen Schaffen zutage. Das ist der Ausgangspunkt der psychoanalytischen Interpretation.

Psychoanalytische Interpretation

Wie mehrfach angesprochen, ist die Novelle vollständig um die Hauptfigur Gustav von Aschenbach aufgebaut. Andere Figuren dienen meist nur dazu, ihn in Szene zu setzen, oder sind Objekt seiner Lust und Sehnsucht. Dem Leser wird die Welt nur durch den Blick Aschenbachs gezeigt und selbst das Wetter (siehe dazu S. 86 in diesem Lektüreschlüssel) scheint sich der Gefühlslage des Protagonisten unterzuordnen. Der eindeutige Vorrang der Hauptfigur und die auffälligen autobiografischen Bezüge veranlassen den US-amerikanischen Psychologen Heinz Kohut dazu, eine psychoanalytische Interpretation der Novelle zu geben.[14] Bevor diese dargestellt wird, soll kurz beschrieben werden, was unter »Psychoanalyse« in diesem Zusammenhang zu verstehen ist.

Freud

Die Psychoanalyse ist eine psychologische Theorie und Behandlungsform, die auf den österreichischen Neurologen Sigmund Freud zurückgeht. Ein Schlüsselbegriff in ihr ist das »Unbewusste«. Unbewusste oder verdrängte psychologische Vorgänge, zum Beispiel Triebe, Neigungen oder frühkindliche Erfahrungen, können unser Denken und Handeln in großem Ausmaße beeinflussen. Freuds Verdienst ist nicht, die Wichtigkeit des Unbewussten zu entdecken, sondern das Phänomen zu systematisieren. Das Unbewusste findet nach Freud Ausdruck in unseren Träumen, in freien Assoziationen oder in sogenannten Fehlleistungen, wie beispielsweise dem berühmten Freudschen Versprecher.

Heinz Kohut steht in der Tradition Freuds und beschäftigt sich vor allem damit, wie Individuen in Abhängigkeit zu nahestehenden Personen ihr Selbst(bild) entwickeln. Die Interpretation des Psychoanalytikers ist mit Vorsicht zu genießen, da er kein Literaturwissenschaftler, sondern Psychologe ist. Es geht ihm weniger um die Figur Aschenbach und den fiktionalen Handlungszusammenhang der Novelle als

14 Das ganze Kapitel bezieht sich auf: Heinz Kohut, »Thomas Manns ›Der Tod in Venedig‹. Zerfall einer künstlerischen Sublimierung«, in: Alexander Mitscherlich (Hrsg.), *Psycho-Pathographien I. Schriftsteller und Psychoanalyse*, Frankfurt a. M. 1972, S. 142–167.

um die Person Thomas Mann und seine reale Biografie. Die Grenze zwischen Fiktion und Realität scheint dabei nicht immer beachtet zu werden. Hier wird besonders auf einen Teilaspekt Wert gelegt, da er in anderen Interpretationen überhaupt nicht auftaucht.

Kohut beginnt seine Interpretation, indem er auf die autobiografischen Bezüge verweist, welche im *Tod in Venedig* enthalten sind. Dann parallelisiert er die ständige Gegenwart des Todes im Umfeld Aschenbachs – er geht von vier Todesboten aus – mit der Gegenwart des Todes in Thomas Manns Leben: »Zur Entstehungszeit dieser Novelle waren [...] zwei wichtige Mitglieder der Familie des Autors tot: der Vater, der viele Jahre vorher gestorben war, und die schöne Schwester Carla, die kurze Zeit zuvor Selbstmord begangen hatte.« Dass der Selbstmord der Schwester eine übergeordnete Rolle spielt, bezweifelt Kohut, da auch schon in früheren Werken Thomas Manns der Tod eine besondere Rolle einnimmt. Schon in seiner Jugend verfasste der Autor eine Erzählung mit dem Titel *Der Tod* – kurz nachdem der Vater gestorben war und lange vor dem Selbstmord der Schwester. Der Psychoanalytiker will daher der Person des Vaters eine besondere Aufmerksamkeit schenken.

■ Der Tod und Thomas Mann

In der Novelle entdeckt er Thomas Manns dominanten und gefürchteten Vater in den Todesfiguren wieder. Die klassische Ansicht der Literaturwissenschaft wird verworfen: In dem Fremden des Münchner Friedhofs, dem Gondoliere, dem falschen Jüngling

■ Dominante Vaterfigur

und dem Musikanten sieht Kohut keine Todesboten, sondern »Manifestationen innerseelischer Kräfte« Aschenbachs. Alle vier Figuren stehen für »ungehemmte Aggression«: Der Fremde blickt Aschenbach an, ohne zurückzuweichen; der falsche Jüngling wirft ihm beim Auseinandergehen Beleidigungen an den Kopf; der Gondoliere befördert ihn gegen seinen Willen und der Musiker drängt sich seinen Zuhörern geradezu auf. Aschenbach wiederum begegnet den Figuren feindselig und voller Hass, gemischt mit Furcht vor dem stärkeren Gegenüber. Diese Rollenmuster entsprechen dem typischen Verhaltensmuster, das einem starken Vater gegenüber an den Tag gelegt wird. Tatsächlich diagnostiziert Kohut Thomas Mann eine ambivalente Beziehung zu seinem Vater zwischen Verachtung und Verehrung. Der angesehene Geschäftsmann Thomas Johann Heinrich Mann stirbt, als seine Söhne Heinrich und Thomas zwanzig beziehungsweise sechzehn Jahre alt sind. Er vererbt keinem seiner um seine Gunst konkurrierenden Söhne die Firma, was Thomas Mann später als befreiend bezeichnet.

Da nun etabliert ist, dass das Zentralthema der Novelle ein Vaterkonflikt ist, wird diese Interpretation ausgeweitet und auch auf die Liebe Aschenbachs zu Tadzio bezogen. Aschenbach stellt in seiner Liebe zu Tadzio das dar, was er von seinem eigenen Vater zu erhalten wünschte. Kohut bezeichnet Aschenbachs Liebe als narzisstisch, da sie auch feindselige und destruktive Elemente enthält. So warnt der Protagonist die polnische Familie beispielsweise nicht, dass die

Cholera Venedig erreicht hat, und nimmt so die Infektion von Tadzio oder seiner Familie billigend in Kauf, um länger in seiner Nähe zu bleiben. Auch wenn die These, Aschenbachs Liebe zu Tadzio sei eine väterliche, zunächst absurd klingt, so kann sie doch untermauert werden. Knabenliebe, wie sie in der griechischen Antike institutionalisiert war, hat nicht nur eine sexuelle, sondern auch eine pädagogische oder erzieherische Komponente. Thomas Manns dominanter Vater findet demnach gleich mehrfach Eingang in die Novelle.

Aschenbachs Liebe ist väterlich

Diese Interpretation unterscheidet sich in zweierlei Hinsicht von der des vorherigen Unterkapitels. Dort geht es um die bewusste Verarbeitung biografischer Fakten, hier geht es um die unbewusste Einarbeitung von lebensweltlichen Bezügen. Jene Interpretation liegt auf der Hand und ist möglicherweise selbstredend, während diese weit hergeholt scheint. Trotzdem bringt die Perspektive der Psychoanalyse Ergebnisse, die der Leser in seine individuelle Gesamtinterpretation aufnehmen kann.

Nietzsche: apollinisch vs. dionysisch

Thomas Mann kann aufgrund fehlender Kenntnisse der antiken Sprachen Griechisch und Latein die Werke der klassischen Autoren nicht unmittelbar verarbeiten. Er braucht einen Vermittler. Wie die Literaturwissenschaft festgestellt hat, nutzte Thomas Mann dazu Friedrich Nietzsche. Nietzsche war ein deutscher Altphilologe und Philosoph, dessen erstes größeres Werk *Die Geburt der Tragödie aus dem Geiste der Musik* (1872) die Genese des griechischen Dramas nachzeichnet und somit vorherige Spekulationen auf ein gesichertes Fundament stellt. Zu Lebzeiten Nietzsches findet das Werk kaum Beachtung und wird von Fachkollegen stark kritisiert. Postum erhält es aber beachtlichen Ruhm, da Nietzsche die Psychologie des griechischen Dramas erklären kann.

Gegensätze: Apollon und Dionysos

Ihm gelingt dies mit der Gegenüberstellung zweier Götter: Apollon und Dionysos, die zwei entgegengesetzte psychische Grunddispositionen repräsentieren. Der erste ist in der griechischen Mythologie der Gott des Lichts, der Heilung, der sittlichen Reinheit und Mäßigung, aber auch der Dichtkunst und des Gesangs. Der zweite ist der Gott des Weines, der Freude, der Fruchtbarkeit, des Wahnsinns und der Ekstase. Beide Gottheiten werden von den Römern in ihre Mythologie übertragen, nämlich als Apollo und Bacchus. Nietzsche erweitert die Gegenüberstellung durch passende Begriffe, die als Unterscheidungskriterium dienen:[15]

Apollinisch	Dionysisch
Plastik	Musik
Gehen, Sprechen	Tanzen, Singen
Traum	Rausch

15 Tabellarische Übersicht und große Teile dieses Kapitels nach: Hermann Kurzke, *Thomas Mann. Epoche – Werk – Wirkung*, München ⁴2010, S. 128–130.

Form	Unform
Vertrauen auf *principium individuationis*	Zerbrechen des *principium individuationis*
Raum und Zeit	Ewigkeit
Kausalität	heiliger Wahnsinn
Selbstgewissheit	Selbstvergessenheit
Nüchternheit	Verzückung
illusionäre Sicherheit	Grausen
das maßvolle und kontemplative Leben des Erkennenden	das glühende Leben dionysischer Schwärmer

Für die Interpretation der Novelle spielt Nietzsches Herleitung der griechischen Tragödie selbst aus dieser Gegenüberstellung keine entscheidende Rolle. Thomas Mann verwendet aber diese Gegenüberstellung, um den komplexen Charakter Aschenbachs darzustellen.

Begriffsklärungen

Einige dieser Begriffspaare bedürfen einer Erklärung: Mit der ersten Unterscheidung überträgt Nietzsche Teile der Kunst ins Dionysische, denn ursprünglich ist Apollon auch Gott der *Musik*. Die *Plastik* steht hier stellvertretend für die gesamte bildende Kunst. Nietzsche sieht sie als regelhafter und strenger an als die Musik, die ins *Rausch*hafte gesteigert werden kann. Dementsprechend sind auch das *Singen* und *Tanzen* dem Dionysischen zuzuordnen, während die *Form* eindeutig zur bildenden Kunst und somit zu Apollon passt. Das *principium individuationis*, das Individuationsprinzip, wird in der Philosophie seit Aristoteles über die Scholastik bis in die Moderne hinein diskutiert. Stark vereinfacht geht es in dieser Kontroverse darum, ob Individualität und Konkretheit allen Existierenden möglich ist oder nicht. Auf den Menschen übertragen, liegt der Fokus entweder auf der Einzelexistenz oder man sieht das Individuum zuerst als Teil eines größeren Ganzen. Hierzu passen auch die folgenden Punkte. *Raum und Zeit* wird der *Ewigkeit* gegenübergestellt. Erstere Begriffe sind Koordinaten, die man jedem Individuum eindeutig zuordnen kann. Sie sind mit einer wissenschaftlich exakten Philosophie vereinbar. In Kants transzendentaler Ästhetik beispielsweise sind sie die reinste Form der Anschauung. Ewigkeit hingegen ist ein metaphysischer Begriff, der nicht auf den Einzelnen anwendbar ist. Keine Existenz währt ewig, wenn man von religiös-mythischen Bereichen absieht. Durch das Adjektiv *heilig* erhält auch der *Wahnsinn* eine religiöse oder mystische Färbung. Ihm wird die *Kausalität* gegenübergestellt. Dieses Prinzip der Ursache und Wirkung genügt Philosophen des Empirismus völlig, um die Welt zu erklären. Alles, was passiert, hat mindestens eine direkte Ursache. Nietzsche widerspricht hier, indem er den Wahnsinn als unerklärbar und zugleich heilig gegenüberstellt.

Verlockung des Dionysischen

Nietzsche beschreibt das Dionysische als gleichzeitig verlockend und gefährlich. Es verspricht Genuss ohne Hemmung und bis hin zur Ekstase, Erlösung allen Leidens und die Aufhebung der Individuation:

Mensch und Mensch würden eins, ebenso wie Mensch und Natur. Tiger und Panther würden einander verstehen, und der Sklave sei ein freier Mann. Jeder sei »mit seinem Nächsten nicht nur vereinigt, versöhnt, verschmolzen, sondern eins, als ob der Schleier der Maja zerrissen wäre und nur noch in Fetzen vor dem geheimnisvollen Ur-Einen herumflattere. Singend und tanzend äußert sich der Mensch als Mitglied einer höheren Gemeinsamkeit«.[16]

Gefahr des Dionysischen

Was daran gefährlich ist, liegt auf der Hand. Rauschende Feste feiern mag auf den ersten Blick verlockend sein, aber auf Dauer eine Unmöglichkeit. Ständige Ekstase führt zur Selbstzerstörung. Integration in eine höhere Gemeinsamkeit bedeutet auch Verlust und Aufgabe des eigenen Selbst. Wer sich ausschließlich dionysischen Freuden hingibt, vernachlässigt – um es etwas salopp zu formulieren –, dass auch Brötchen verdient sein wollen und Pflichten des Alltags erfüllt werden müssen.

Darstellung einer Persönlichkeit

Aus den obigen Darstellungen wird klar, dass Nietzsche die beiden Gottheiten nur als Ausgangspunkt benutzt. Schnell geht er über eine rein mythologische Darstellung hinaus und beschreibt psychologische Extremformen, denen allgemein menschliche Charaktereigenschaften entsprechen können. Dementsprechend überrascht es nicht, dass weder Apollon noch Dionysos im *Tod in Venedig* direkt erwähnt werden. Einzig die Eltern von Dionysos, Zeus und Seme-

16 Friedrich Nietzsche, *Die Geburt der Tragödie aus dem Geiste der Musik*, Leipzig 1872, S. 5 f.

le (S. 86), werden im Zusammenhang mit Platons Dialog *Phaidros* genannt. Thomas Mann benutzt Nietzsches psychologische Typenbildung, um seine Hauptfigur auszugestalten.

Manns Verwendung dieser Kategorien Nietzsches in der Novelle soll im Folgenden sichtbar gemacht werden. Dem Leser begegnet Aschenbach auf zweifache Weise: Im zweiten Kapitel wird er direkt charakterisiert, und diese Darstellung steht im eindeutigen Gegensatz zu seinem Handeln in den anderen vier Kapiteln (vergleiche auch Kapitel 3, S. 29–34, in diesem Lektüreschlüssel). Der Aschenbach des zweiten Kapitels kann eindeutig der apollinischen Seite zugewiesen werden. Ihm sind bürgerliche Werte wie Fleiß, gesellschaftliche Anerkennung und Ordnung wichtig. »[S]chon als Jüngling« wurde er »auf die Leistung […] verpflichtet« (S. 20), und er ist »[e]inzeln, ohne Kameradschaft« (S. 21), aufgewachsen. Aschenbachs Werken wird eine »ordnende Kraft« (S. 19) zugeschrieben und auch seine Poetik passt zum Apollinischen: Sein Werk entsteht als ein »Trotzdem« (S. 23) und dank der Parole »Durchhalten« (S. 21). Der Schriftsteller folgt einem strikten Tagesablauf, der vor allem aus Arbeit und nur aus wenigen Ruhephasen besteht. Andere Künstler beschreiben ihr Schaffen gern als schwärmerisch oder entrückt und sprechen von Gefühlen oder Eingebungen. Für Aschenbach bedeutet Kunstproduktion jedoch vor allem eines: Arbeit. Passend dazu wird er als »Moralist[ ] der Leistung« (S. 25) bezeichnet. Aschenbachs Schreibstil wandelt sich im Laufe der Jahre ins

Aschenbach und das Apollinische

> »Mustergültig-Feststehende, Geschliffen-Herkömmliche, Erhaltende, Formelle, selbst Formelhafte« (S. 28 f.).

Die strikte Einhaltung der Form ist als eindeutig apollinisch anzusehen. Die apollinische Formel »Freiheit unter dem Gesetz«[17] ist gut auf den Protagonisten anwendbar. Weder Gesetz und bürgerliche Konvention noch die Regelpoetik scheinen ihn allzu sehr einzuschränken.

Dionysische Elemente sind im zweiten Kapitel nur vereinzelt auszumachen: Werk und Charakter des Autors werden als »Vermählung dienstlich nüchterner Gewissenhaftigkeit mit dunkleren, feurigen Impulsen« (S. 19) bezeichnet. Ersteres entspricht Apollon und Letzteres ist Dionysos zuzuordnen.

In den übrigen vier Kapiteln, d. h. in der Gegenwart des Erzählten (das zweite Kapitel ist ja eine Rückblende), und da insbesondere den letzten dreien, findet eine Wandlung hin zum Dionysischen statt. Bevor diese beschrieben wird, noch einmal eine zusammenfassende Charakterisierung des Dionysischen aus Nietzsches *Willen zur Macht*:

Aschenbach und das Dionysische

> »Mit dem Wort ›dionysisch‹ ist ausgedrückt: ein Drang zur Einheit, ein Hinausgreifen über Person, Alltag, Gesellschaft, Realität, als Abgrund des Vergessens, das leidenschaftlich-schmerzliche Über-

17 Friedrich Nietzsche, »Aphorismus 834«, in: F. N., *Der Wille zur Macht. Versuch einer Umwertung aller Werte*, hrsg. von Peter Gast, Stuttgart 1996, S. 559.

> schwellen in dunklere, vollere, schwebendere Zustände; ein verzücktes Jasagen zum Gesamt-Charakter des Lebens, als dem in allem Wechsel Gleichen, Gleich-Mächtigen, Gleich-Seligen; die große pantheistische Mitfreudigkeit und Mitleidigkeit, welche auch die furchtbarsten und fragwürdigsten Eigenschaften des Lebens gutheißt und heiligt, aus einem ewigen Willen zur Zeugung, zur Fruchtbarkeit, zur Ewigkeit heraus: als Einheitsgefühl von der Notwendigkeit des Schaffens und Vernichtens.«[18]

Diese Beschreibung lässt sich einfach auf Aschenbach anwenden. Alltag und Realität werden immer mehr in den Hintergrund gedrängt. Schon am Münchner Nordfriedhof träumt sich der Protagonist in ferne Welten, im Laufe der gesamten Handlung begegnen ihm merkwürdige Figuren, die sich kaum voneinander unterscheiden, da ihnen eine ursprüngliche Einheit zu Grunde liegt. Auch Aschenbach selbst scheint immer mehr in seiner Umgebung aufzugehen. Spätestens die Begegnung mit Tadzio gibt dem Dionysischen eindeutigen Vorrang. Aschenbach ordnet dem jungen Polen seinen gesamten Alltag unter. Er befindet sich in einem schwebenden Zustand des verzückten Jasagens, ganz genau so wie Nietzsche es beschreibt. Er verfolgt die polnische Familie durch die ganze Stadt, und er durchlebt die Gefühlszustände des Jungen, als

18 »Aphorismus 1050«, in: Nietzsche (Anm. 17), S. 683.

wären es seine eigenen. Tadzio versetzt ihn in einen Rausch, und Aschenbach kann nicht anders, als sich diesem völlig hinzugeben. Einen ersten Höhepunkt hat diese Ekstase am Ende des vierten Kapitels, wo Aschenbach seinen Liebesrausch erkennt und sich die Liebe zu dem Jungen eingesteht (S. 97).

Dionysisches in Arbeit …

Selbst das Arbeiten an einer Prosaschrift hat nun etwas Rauschhaftes und steht im krassen Gegensatz zum nüchternen Arbeitsethos des zweiten Kapitels. Schon der Arbeitsort ist für Aschenbach ungewöhnlich, denn er arbeitet am Strand: »Und zwar ging sein Verlangen dahin, in Tadzios Gegenwart zu arbeiten, […] seinen Stil den Linien dieses Körpers folgen zu lassen, der ihm göttlich schien, und seine Schönheit ins Geistige zu tragen« (S. 87). Aschenbach gibt zu, dass dieser »Rausch ihm zu teuer« ist, als dass er »die Ernüchterung […] wollte« (S. 89).

… und Träumen

Zwei Träume, die im direkten Zusammenhang von Verheißung und Erfüllung stehen, zeigen ebenso dionysische Elemente. Der erste schließt sich an die Begegnung mit dem Fremden am Münchner Nordfriedhof an (im ersten Kapitel). Aschenbach träumt vom indischen Urwald mit seinen Tigern. Wie oben erwähnt, spielt die Raubkatze (gemeinsam mit dem Panther) auch in Nietzsches Ausführungen eine Rolle. Schon an dieser Stelle fühlt die Hauptfigur ihr »Herz pochen vor Entsetzen« und zugleich ein »rätselhaftes Verlangen«. Dieses kann jedoch »mit einem Kopfschütteln« (S. 14) abgeworfen werden. Trotzdem ist nun Aschenbachs Reiselust geweckt.

Der zweite Traum findet sich im letzten, fünften Kapitel (S. 125 f.). Schon zuvor wird das Tiger-Motiv wieder aufgegriffen: Es wird beschrieben, wie sich die indische Cholera in Europa ausbreitet und dass sie ihren Ursprung in einer Inselwildnis hat, »in deren Bambusdickichten der Tiger kauert« (S. 119). Der Traum selbst ist kein Tagtraum wie zuvor, sondern lässt Aschenbach in der Nacht eine seltsame Mischung aus Angst und Lust erleben. Die Schilderung von audiovisuellen Eindrücken – »ein Gemisch von Lärm: Rasseln, Schmettern und dumpfes Donnern« (S. 125) – sind eine klare Anspielung auf Dionysos, der nach Nietzsche auch Gott der Musik ist. Auch die Erwähnung eines fremden Gottes – zur Hervorhebung sogar gesperrt gedruckt, steht für die Gottheit Dionysos. Er galt in antiker Zeit als aus Asien oder Indien stammender Gott und wurde spät in die klassische Mythologie aufgenommen. Der Autor stellt insofern eine Parallele zwischen Dionysos und der indischen Cholera her, die in der Gegenwart der Novelle denselben »Importweg« geht.

■ Gefahr des Dionysischen

Die Gefahren, die von einer Hinwendung zum Dionysischen ausgehen, wurden oben bereits allgemein dargestellt. Sie lassen sich im Spezifischen auch bei Aschenbach feststellen: Im Verlauf der Handlung wird er zu einem dionysischen Schwärmer, der einzig für Tadzio lebt. Seine Liebe oder sein heiliger Wahnsinn gehen bis zur völligen Selbstaufgabe. Ihm ist egal, was Konvention und Moral vorschreiben. Er verfolgt Tadzio immer mehr und immer offensichtlicher, so dass es auch das Umfeld des Knaben mitbekommt. Obwohl er von der Gefahr der ausbrechenden Seuche weiß, verlässt er die Lagunenstadt nicht. Er begibt sich sogar in Teile der Stadt, die eigentlich gemieden werden müssten, und isst trotz aller Warnungen überreife Erdbeeren, die Infektion und Tod verursachen. Seinen Tod scheint Aschenbach billigend in Kauf zu nehmen. Klarer kann dionysische Selbstvergessenheit und Selbstauflösung kaum zum Ausdruck kommen.

Knabenliebe

§ 175 Strafgesetzbuch

Bei der Veröffentlichung der Novelle dürfte es vor allem die Knabenliebe gewesen sein, welche den Leser beim ersten Lesen aufhorchen ließ und den *Tod in Venedig* so zum Gesprächsthema machte. Im frühen 20. Jahrhundert ist Knabenliebe aus zweierlei Gründen sitten- beziehungsweise gesetzeswidrig: erstens als Form der Homosexualität und zweitens als Pädophilie. §175 des deutschen Strafgesetzbuches stellt homosexuelle Handlungen seit 1871 unter Strafe. Die Figur Aschenbach und auch der Autor Thomas Mann müssen strafrechtliche Konsequenzen fürchten, wenn sie ihre Sexualität offen ausleben. §175 wurde im Jahre 1957 in der Deutschen Demokratischen Republik und 1969 schließlich auch in der Bundesrepublik abgeschafft. 2017 beschloss der Bundestag die Gleichstellung der gleichgeschlechtlichen Ehe. Dank der »Ehe für alle« sind homosexuelle Partnerschaften vor dem

Gesetz nun völlig gleichgestellt. Der erstgenannte Grund spielt heute keine Rolle mehr.

Pädophilie?

Jedoch übersehen viele Literaturwissenschaftler, dass die Realisierung der Sehnsüchte Aschenbachs auch im 21. Jahrhundert noch moralisch verwerflich und strafbar sind, und zwar aufgrund des Tatbestands der Pädophilie. Jeglicher sexueller Kontakt zwischen Aschenbach und Tadzio wäre auch heute rechtswidrig, denn das Schutzalter liegt bei 16 Jahren. Das heißt, eine Person von über 21 Jahren darf keinen Sex mit einer Person im Alter von 14 oder 15 haben. Aschenbach fühlt sich zu Tadzio aufgrund seines vormännlichen Aussehens hingezogen (S. 64), und oft sind es gerade kindlich-jugendliche Attribute des »jugendlich vollkommenen« (S. 83) Körpers, die ihn ansprechen: »seine Achselhöhlen waren noch glatt wie bei einer Statue« (S. 83). Da es aber nicht zu sexuellen Handlungen kommt, hätte Aschenbach auch heute keine Strafverfolgung zu fürchten.

Doch wie sieht es mit moralischer Schuld aus? Kann man dem Protagonisten schon aufgrund seiner Gedanken einen Vorwurf machen? Auch in diesem Punkt kann Aschenbach nach einer Analyse seines Verhaltens entlastet werden.

Aschenbach sucht zwar die Nähe zu Tadzio, vermeidet aber den direkten Kontakt. Er scheut sich selbst die Mutter anzusprechen, um sie vor dem Ausbruch der Cholera in Venedig zu warnen (S. 123). Und niemals wechseln Haupt- und Nebenfigur auch nur ein Wort. Bezeichnenderweise sitzt Aschenbach alleine auf einer Bank, als er sagt: »Ich liebe dich!« (S. 97). Die Aussage ist nicht an einen Adressaten gerichtet, sondern dient lediglich der Selbsteinsicht. Aschenbach ist sich der Tatsache bewusst, dass unerfüllte Liebe stets spannender und romantischer als vollendetes Liebesglück ist: Tadzio dient ihm während einer kreativen Phase als Muse (S. 87) und er verzichtet auf seine »heitere Bekanntschaft« (S. 88), weil dies das Ende des ihm teuren Rausches wäre. Tatsächlich käme mit Tadzio zu sprechen einer »Ernüchterung« gleich (S. 89). Sicherlich kann ein Teenager auch nicht den Idealvorstellungen standhalten, die sich Aschenbach im Laufe der Handlung aufgebaut hat. Ähnlich kommentiert es auch der Erzähler: »[D]er Mensch liebt und ehrt den Menschen, solange er ihn nicht zu beurteilen vermag, und die Sehnsucht ist ein Erzeugnis mangelhafter Erkenntnis« (S. 94).

Bewusst unerfüllte Liebe

An dieser Stelle soll noch einmal eine psychoanalytische Deutungsweise angesprochen werden. Dieser Aspekt ist deutlich unumstrittener als der im Kapitel 6, S. 65–69, dieses Lektüreschlüssels vorgestellte. Psychoanalytiker sprechen von Sublimierung, wenn ein (Sexual-)Trieb auf andere Gefilde umgeleitet wird. Thomas Mann könnte auf seiner Venedigreise Wladyslaw Moes, dem möglicherweise realen Vorbild für Tadzio (siehe Kapitel 3, S. 41 f.), begegnet sein und seine Libido im künstlerischen Schaffen ausleben. Eine These, die interessanterweise auch auf die Hauptfigur Aschenbach anwendbar ist (siehe im folgenden Kapitel, S. 85).

Sublimierung

Platons *Phaidros*

Bevor erörtert werden kann, wie und warum Thomas Mann den Dialog *Phaidros* in seine Novelle einarbeitet, müssen einige Vorbemerkungen gemacht werden. Der Dialog wird im fünften vorchristlichen Jahrhundert von dem griechischen Philosophen Platon verfasst. In ihm treten sein Lehrer Sokrates sowie Phaidros, nach dem der Dialog benannt ist, auf. Sokrates gilt als Begründer der abendländischen Philosophie, über sein Leben wissen wir fast ausschließlich dank seines Schülers Platon Bescheid. Eigene Werke Sokrates' sind nicht überliefert. Er tritt lediglich als Figur in zahlreichen Dialogen Platons auf. Phaidros ist ein vornehmer Bürger Athens und Freund des Sokrates. Als historische Person ist er auch außerhalb der Dialoge Platons belegt.

Bis heute hat der Dialog eine beeindruckende Rezeptionsgeschichte. Zahlreiche Philosophen der Antike, des Mittelalters, der Neuzeit und der Moderne beziehen sich auf ihn. Dies liegt vor allem an seinem Themenreichtum: Sie diskutieren über Rhetorik und philosophische Wahrheitsfindung, Schönheit, die unsterbliche Seele sowie über erotische Liebe und Freundschaft.

■ Themenreichtum

Der Dialog setzt unmittelbar ein. Erst während des Gesprächs erfährt man, dass Sokrates und Phaidros vor den Stadtmauern Athens unter Platanen sitzen. Phaidros trägt eine rhetorisch besonders ausgestaltete Schrift von Lysias vor, in der es um das Verhältnis von

Liebe und Freundschaft geht. Die Gesprächspartner diskutieren, ob Freundschaft den Vorrang vor Liebe hat oder ob es sich genau andersherum verhält. Für die beiden Diskutanten ist es selbstverständlich, dass es sowohl bei der Freundschaft als auch bei der erotischen Liebe um ein Verhältnis zwischen zwei Männern geht. In zwei langen Monologen bezieht Sokrates zwei gänzlich verschiedene Positionen: Zunächst gibt er der Freundschaft den Vorzug, da die erotische Liebe den Charakter des Liebenden völlig vereinnahme, zum Verlust der Selbstkontrolle führe und zudem nur von kurzer Dauer sei. Freundschaft hingegen sei beständiger und der Betroffene verliere die Selbstkontrolle nicht, sondern könne weiterhin rationale Entscheidungen treffen. Nachdem Sokrates aufbrechen will und von Phaidros zum Bleiben bewegt wird, ändert Sokrates seine Meinung. Zwar bescheinigt er dem Verliebten noch immer, dass er nah am Wahnsinn sei, aber er bewertet diesen Zustand nicht mehr negativ, sondern zeigt seine guten Seiten auf. Der Enthusiasmus sei dem nüchternen Zustand überlegen, da er näher am göttlichen sei. Ein Dichter beispielsweise, der nur über technisches oder handwerkliches Wissen verfüge, aber nicht über göttliche Raserei, könne nie ein großes Werk hervorbringen.

■ Freundschaft und Liebe

Es liegt auf der Hand, dass Thomas Mann den Dialog vor allem wegen des Motivs der Liebe und des Künstlers heranzieht. Ebenso wie der Dialog selbst setzt auch die Bezugnahme unmittelbar ein. Beschreibt der Autor eben noch, wie die Hauptfigur den

■ Übernahme der Motive

jungen Polen am Strand beobachtet, ist plötzlich von der »Platane unfern den Mauern Athens« (S. 85), dem Handlungsort des Dialogs *Phaidros*, die Rede. Thomas Mann vermischt im Bewusstseinsstrom objektive Beobachtungen mit subjektiven Sinneseindrücken und Gedanken Aschenbachs. Die Gedanken des Protagonisten wiederum sind vom platonischen Dialog inspiriert. Einige Passagen werden zitiert, andere paraphrasiert. Nachdem die Szenerie des Dialogs beschrieben ist, lässt Thomas Mann Sokrates (in den Gedanken Aschenbachs) selbst zu Wort kommen und bezieht sich dabei auf den zweiten Monolog des Philosophen, in welchem der rasend Verliebte eine Rechtfertigung erfährt. Auch Zitate des Dialogpartners sind eingestreut. Der Leser weiß nicht recht, wer gerade spricht, doch das ist auch nicht entscheidend. Dank dieser Montagetechnik gelingt es Thomas Mann, die Gedanken seiner Hauptfigur scheinbar ohne Zwischeninstanz zu vermitteln. Aschenbach denkt über Schönheit und über das Göttliche nach. Er sieht dies im Verliebten, der nicht vor »vergehen und verbrennen vor Liebe« (S. 86) geschützt ist. Selbstverständlich können diese Gedanken auf den Protagonisten selbst angewendet werden: Die Schönheit Tadzios ist es, die Aschenbach, den Verliebten, überhaupt an den platonischen Dialog denken lässt, und er ist sich bewusst, dass diese Liebe ihn »verbrennen« kann. Tatsächlich führt diese Liebe letztendlich zu seinem Tod. Ebenso passend ist, dass sowohl die Liebe, über welche Phaidros und Sokrates sprechen, als auch die Liebe Aschenbachs homoerotischer Natur sind.

Doch nicht nur das Bild des bis zur Entrücktheit Verliebten passt gut zu Aschenbach, sondern auch das von Sokrates angeführte Beispiel des Künstlers, der mehr als technisch und nüchtern, auch leidenschaftlich, ja wahnsinnig sein soll. Nimmt man die Beschreibung Aschenbachs im zweiten Kapitel zur Hand, so erscheint er als ebenjener nüchterne Künstler, der sich selbst ein enormes Arbeitspensum verschrieben hat und versucht, dieses trotz aller Widrigkeiten abzuarbeiten. Doch jetzt am Strand bei Venedig, das Objekt seiner Lust vor Augen und sich selbst seiner entfesselten Liebe bewusst werdend, erscheint Aschenbach auch als rasender Künstler im Sinne Sokrates'. Tatsächlich verfasst er am Strand »jene anderthalb Seiten erlesener Prosa [...], deren Lauterkeit, Adel und schwingende Gefühlsspannung binnen kurzem die Bewunderung vieler erregen sollte« (S. 87). Der platonische Dialog beeinflusst Aschenbach demnach auf zweierlei Weise. Erstens bestimmt er seine Gedanken, was man als theoretisch bezeichnen könnte. Und zweitens versetzt er ihn auch in eine Phase praktischer Hochleistung, an deren Ende die eineinhalbseitige Abhandlung steht. Nach Sigmund Freuds psychoanalytischen Schriften kann auch hier, wie schon weiter oben, S. 81, von »Sublimierung« gesprochen werden. Aschenbach, der seine Libido nicht ausleben kann, lenkt seine Triebe um. Seine sexuelle Energie wird in eine sozi-

Künstlerisches Schaffen

alverträgliche Richtung gebracht: in künstlerische Schaffenskraft.

Wetter

Gefühls- und Wetterlage

Ebenso wie zahlreiche Nebenfiguren und Schauplätze der Handlung ist auch das Wetter symbolisch aufgeladen. Mit der literarischen Technik des Bewusstseinsstroms verwebt Thomas Mann geschickt Gefühlslage des Protagonisten mit dem Wetter. Gleich zu Beginn der Handlung ist es »ein falscher Hochsommer« (S. 10), der den Mai unnatürlich warm erscheinen lässt, und es »droht[]« (S. 10) ein Hitzegewitter. Durch die negativ belegten Wörter, die das Wetter beschreiben, wird eine düstere Grundstimmung erzeugt, die auf Aschenbach übertragen und über die gesamte Novelle beibehalten wird.

Aschenbach, der das Reisen als »hygienische Maßregel« (S. 14) betrachtet, erwartet mit der Ankunft in Venedig eine Aufhellung seiner Gefühlslage, »denn stets hatte die Stadt ihn im Glanze empfangen« (S. 37). Doch Sonnenschein bleibt ihm verwehrt. Himmel und Meer sind »trüb und bleiern« (S. 37), und es regnet.

Zunächst keine Besserung

Analog zum Wetter bessert sich auch die Laune der Hauptfigur in den ersten Tagen seines Aufenthaltes nicht. Es herrscht »Scirocco« (S. 42, 67). Der heiße Wind bringt Luftmassen aus der Sahara in den Mittelmeerraum und setzt wetterfühligen Menschen besonders zu. Dieser Wind erreicht Venedig über das italienische Festland und heizt die Stadt auf. Weiterhin wird das Wetter mit abwertenden Adjektiven belegt: »Eine widerliche Schwüle lag in den Gassen« und beschert Aschenbach »peinliche[n] Schweiß« und Fieberschübe (S. 67). »Unter fahl bedecktem Himmel« liegt »das Meer in stumpfer Ruhe« (S. 54 f.). Außerdem erinnert sich der Reisende daran, dass er Venedig schon einmal fluchtartig verlassen musste, da er der »sonnenlose[n] Schwüle« (S. 122) und dem Fäulnisgeruch der Stadt nicht standhalten konnte. Dies wird auch diesmal nicht zu verhindern sein, wenn der Wind nicht bald umschlägt (S. 55).

Erst als Aschenbach beschließt, die Lagunenstadt zu verlassen, bessert sich die Wetterlage: Zwar ist »der Himmel bezogen nach wie vor, aber die Luft schien frischer« (S. 69). Nachdem die Abreise aufgrund falsch verladenen Gepäcks vereitelt wird, befindet sich der Protagonist in bester Laune. Zum ersten Mal kann er seinen Aufenthalt genießen, und Thomas Mann vergleicht die Stadt mit dem »elysische[n] Land« (S. 79), also einem Ort der Seligen. Endlich wird der warme »Landwind« (S. 54) von »Ostwind« (S. 77) abgelöst, was bedeutet, dass nun frische Meeresluft die Stadt erreicht und der Fäulnisgeruch verfliegt. Im ganzen vierten Kapitel ist das Wetter unverändert gut, und Aschenbachs Liebe zu Tadzio befindet sich auf dem Höhepunkt, der schließlich in den laut geäußerten Worten »Ich liebe dich!« (S. 97) Ausdruck findet.

■ Das vierte Kapitel

Ebenso wie im fünften Kapitel die Grundstimmung der Novelle umschlägt – Aschenbach erfährt

■ Fünftes Kapitel

Stück für Stück vom Ausbruch der Cholera –, ändert sich auch das Wetter. Es herrscht Windstille, die Luft in der Stadt ist besonders schlecht. Zudem wird Aschenbach von einem »Sonnenbrand« geplagt (S. 98). Diesen hat er sich wahrscheinlich während der Stunden am Strand zugezogen: Aufgrund des Seewindes erscheint die Luft kühl, dennoch brennt die Sonne. Während seines Stimmungshochs nimmt Aschenbach den Sonnenbrand nicht wahr, sondern erst, als sich seine Laune verschlechtert. Erneut werden Wetterphänomene fein mit dem Gemütszustand der Hauptfigur verwoben. Bezeichnend ist, dass die Stunden des Liebesrausches langanhaltende negative Konsequenzen nach sich ziehen.

Tatsächlich könnte man nun Aschenbach als besonders wetterfühlig bezeichnen und den Interpretationsansatz »Gefühlslage entspricht Wetterlage« verwerfen, doch dann würde man Ursache und Wirkung vertauschen. Aschenbach reagiert nicht auf den Umschwung des Wetters und beschließt in der Stadt zu bleiben, sondern das Wetter schlägt um, als er in der Stadt bleibt. Thomas Mann verwendet Naturphänomene, um die Gefühle des Protagonisten zu verstärken und zu illustrieren.

7. Autor und Zeit

Thomas Mann, eigentlich Paul Thomas Mann, wird am 6. Juni 1875 in Lübeck geboren. Die Hansestadt ist kurz zuvor als selbständiger Bundesstaat dem Deutschen Reich beigetreten. Die Familie Mann gehört zum reichen Großbürgertum der Stadt: Vater Johann Heinrich ist Unternehmer und später Steuersenator von Lübeck und seine Frau Julia entstammt einer deutsch-brasilianischen Kaufmannsfamilie. Thomas Mann hat vier Geschwister. Prägend ist vor allem das Verhältnis zum älteren Bruder Heinrich, der ebenfalls als Schriftsteller tätig ist. Daneben gibt es noch die jüngeren Julia, Carla und Viktor.

Wie die meisten Söhne aus gutem Hause besucht Thomas Mann nicht die Grundschule, sondern eine Privatschule, in welcher er aufgrund schlechter Zensuren ein Jahr wiederholen muss. Anschließend geht er ins Gymnasium und belegt dort den realgymnasialen Zweig, da er wie der Vater Kaufmann werden soll. Nachdem er zwei weitere Male sitzen geblieben ist, verlässt er das Gymnasium im Alter von 18 Jahren ohne Abitur. Schon als Schüler verfasst Thomas Mann Gedichte und Artikel, die in einer Schülerzeitschrift veröffentlicht werden. Außerdem schwärmt er in der Oberstufe für einen seiner Mitschüler. Der Vater ist zwischenzeitlich gestorben, die Firma aufgelöst und die Mutter nach München übergesiedelt, wohin Thomas ihr im Jahr 1894 folgt.

■ Schulbildung

In München fühlt sich Thomas Mann vor allem im

München-Schwabing

Künstlerviertel Schwabing wohl. Er wird Mitglied des »Akademisch-dramatischen Vereins«, hört als Gasthörer verschiedene Vorlesungen in der Universität und ist bei der Inszenierung eines Dramas beteiligt. Mit seinem älteren Bruder Heinrich reist er mehrmals nach Italien, sein Volontariat bei einer Feuerversicherung bricht er nach bereits vier Monaten ab. Den Posten als Lektor beim *Simplicissimus*, einer satirischen Wochenzeitschrift, behält er immerhin über ein Jahr, wohingegen er aus dem Wehrdienst nach kurzer Zeit wegen einer Sehnenscheidenentzündung ausscheidet.

Literarischer Durchbruch: *Buddenbrooks*

Während dieser Zeit (1894–1901) arbeitet der Autor an seinem ersten umfangreichen Roman. In *Buddenbrooks* (erschienen 1901) geht es um den Niedergang einer wohlhabenden Kaufmannsfamilie. Vorbild ist Thomas Manns eigene Familie, und der Ort der Handlung ist Lübeck. Während *Buddenbrooks* langsam zu einem Verkaufsschlager wird, arbeitet Thomas Mann an weiteren Werken. Das bekannteste ist *Tonio Kröger* (1903). Nach einer komplizierten homoerotisch geprägten Freundschaft mit dem Maler Paul Ehrenberg lernt der Schriftsteller im August 1903 Katia Pringsheim kennen. Es folgt die Verlobung mit ihr im Oktober 1904 und die Hochzeit im Februar 1905.

Ehe und Familie

Schnell werden die ersten vier (1905–10), später (1918–19) zwei weitere Kinder geboren. Der Lebensabschnitt bis zum Ausbruch des Ersten Weltkrieges wird von einem Biografen als eine Zeit des »relativen

Abb. 5: Thomas Mann, Fotografie von 1905

Ruhms und Wohlstands«[19] bezeichnet. Die Familie bezieht ein Sommerhaus in Bad Tölz und ein Stadthaus in München-Bogenhausen. Thomas Mann schreibt, befindet sich auf Vortragsreisen, in Kur oder im Urlaub. Nach einem Venedigaufenthalt mit der Familie wird *Der Tod in Venedig* verfasst (1911).

Der Erste Weltkrieg

In die allgemeine Kriegsbegeisterung, die Deutschland im Sommer 1914 erfasst, stimmt Thomas Mann ein. Auch wenn er selbst ausgemustert wird und nicht ins Feld zieht, unterstützt er den Krieg auf deutscher Seite zumindest schriftstellerisch. Er verfasst Essays und offene Briefe, was zu einem Streit mit dem gro-

19 Hermann Kurzke, *Thomas Mann. Das Leben als Kunstwerk. Eine Biographie*, Frankfurt [3]2002, S. 237.

ßen Bruder Heinrich führt, der das Reich, den Krieg und auch den Bruder offen kritisiert. In dem Essay *Gedanken im Kriege* lassen sich eindeutige Parallelen zum *Tod in Venedig* erkennen. Gustav von Aschenbach wird in der Novelle als »Soldat und Kriegsmann« (S. 105) vorgestellt; im Essay dient er als Beispiel für Thomas Manns Auffassung: »[D]ie züchtigen Kriegsleute werden wie Weiber«, wenn »ein Wille zur Geradheit, Lauterkeit und Haltung« fehlt.[20] Thomas Mann erlebt diesen Krieg nur aus der Ferne. Sein Leben hat sich in den Kriegsjahren kaum verändert. Es besteht aus Theater- und Opernbesuchen, Lesereisen und Erholungsaufenthalten in Bad Tölz.

Aus den Tagebüchern der Nachkriegsjahre erfahren wir, dass sich Thomas Mann intensiv mit dem Zeitgeschehen auseinandersetzt. Es lassen sich zahlreiche Notizen zur russischen und zur Novemberrevolution, zu der gescheiterten Münchner Räterepublik und den Anfängen der Weimarer Republik finden. 1919 erhält er die Ehrendoktorwürde, und es kommt im Zuge einer schweren Krankheit seines Bruders zur Versöhnung der beiden Brüder im Jahr 1921.

In den 1920er Jahren folgen weitere Veröffentlichungen. Erwähnenswert ist besonders das große Romanprojekt *Der Zauberberg* (1924), an welchem Thomas Mann bereits seit über einem Jahrzehnt schrieb. Das Privatleben des Schriftstellers hat sich beruhigt. Die Ehe zu Katia Mann ist stabil, auch wenn es einige

20 Kurzke (Anm. 19), S. 238.

homoerotische Episoden im Leben des Ehegatten gibt. In *Mario und der Zauberer* (1929) verarbeitet Thomas Mann wie bereits im *Tod in Venedig* eine Reise, die tatsächlich stattgefunden hat, hier jedoch deutlich näher am tatsächlich Erlebten. Im Jahr der Veröffentlichung befindet sich der Autor auf dem Höhepunkt seines Erfolgs und erhält für die *Buddenbrooks* den Nobelpreis für Literatur. Er ist der erste deutsche Preisträger seit 17 Jahren (Gerhart Hauptmann, 1912), und es soll auch weitere 17 Jahre dauern, bis ein weiterer Deutscher folgt (Hermann Hesse, 1946).

■ Nobelpreis für Literatur

Mit dem zunehmenden Erfolg der nationalsozialistischen Bewegung auch bei Reichstagswahlen wird Thomas Mann politisch aktiv. Den Einfluss der NSDAP beäugt der Autor misstrauisch, und mit einem *Appell an die Vernunft* stellt er sich offen gegen die Bewegung und wird zu einem ihrer prominentesten Kritiker.

■ Kritik an Nazis

Als Adolf Hitler am 30. Januar 1933 Reichskanzler wird, ändert sich das Leben Thomas Manns radikal. Von einer Vortragsreise im Ausland kehrt er nicht zurück, da er seine Verhaftung als politischer Gegner des Regimes fürchten muss. Sein Haus wird ohne Rechtsgrundlage durchsucht und seine Autos beschlagnahmt. Bis 1938 lebt Thomas Mann mit der Familie am Zürichsee und erlebt, wie schließlich auch sein Vermögen eingefroren und das Familienhaus in München beschlagnahmt wird. Beschwerdebriefe an den Reichsinnenminister werden ignoriert. 1936 nimmt Thomas Mann die tschechoslowakische Staatsbürgerschaft an, um bei einer Ausbürgerung nicht staatenlos

■ Schweizer Exil

zu sein. Im Mai 1936 wird er vom Münchner Literaturbeirat ausgeschlossen, und in einigen deutschen Städten werden auch seine Werke verbrannt.

Emigration in die USA

Den zahlreichen antifaschistischen Schriften im schweizerischen Exil folgen weitere in den USA. Mit Kriegsausbruch und dem Umsichgreifen des Naziregimes wird die Liste der sicheren Orte in Europa für Thomas Mann und seine Familie immer kleiner. Deswegen erfolgte die Emigration in die USA, wo die Manns bis 1941 in Princeton und anschließend in Kalifornien leben. Kein anderer deutscher Autor hat während des Exils so viele politische Schriften verfasst wie Thomas Mann. Am bekanntesten ist sicherlich seine monatliche Radiobotschaft *Deutsche Hörer!*, die über BBC London auch in Deutschland zu empfangen war. Auch wenn Katia und Thomas Mann erst im Juni 1944 offiziell amerikanische Staatsbürger werden, so fühlen sich die Eheleute schon früher als Amerikaner. Thomas Mann hält Vorlesungen an zahlreichen Universitäten, und noch bevor die Universität Bonn seine Ehrendoktorwürde aberkannt hat, erhält der Schriftsteller denselben Titel von der Universität in Harvard. Ihm wird die Ehre zuteil, den amerikanischen Präsidenten Roosevelt zu treffen, und bereits 1940 verkündet er stolz in einem Radiointerview: »I am an American«.[21]

So verwundert es nicht, dass Thomas Mann Deutschland vorerst nicht wiedersehen will, auch

21 Kurzke (Anm. 19), S. 447.

nicht, als ihm sein Sohn Klaus Mann, der als amerikanischer Soldat in München ist, aus der alten Heimat berichtet. Unmittelbar nach der Kapitulation Deutschlands tritt Thomas Mann mit den Veröffentlichungen *Die Lager* und *Die deutschen KZ* hervor, in welchen er über die Verbrechen in den Konzentrationslagern berichtet. Seine dichterischen Werke erscheinen nun vornehmlich in den USA und werden erst nach Verzögerungen auch im Nachkriegsdeutschland gedruckt. Zwei Jahre nach Kriegsende ist Thomas Mann in Holland, der Schweiz und in London auf Vortragsreise – Deutschland bleibt ausgespart.

■ Nachkriegszeit

Erst Mitte des Jahres 1948 besucht Thomas Mann auch Orte in Deutschland. Er besucht auch die sowjetische Besatzungszone, was ihm in der neuen Heimat einiges Misstrauen einbringt. 1951 verfasst er einen Brief an Walter Ulbricht, dem damaligen Generalsekretär des Zentralkomitees der SED und stellvertretenden Ministerpräsidenten der DDR, in welchem er sich für politische Gefangene einsetzt. 1953 erhält der Autor eine Audienz beim Papst Pius XII. und zieht gemeinsam mit seiner Ehefrau erneut an den Zürichsee. *Bekenntnisse des Hochstaplers Felix Krull* (1954) ist Thomas Manns letzter großer literarischer Erfolg. Nach kurzer Krankheit stirbt er am 12. August 1955.

■ Lebensende

8. Rezeption

Als die Novelle ab Oktober 1912 in der *Frankfurter Rundschau* veröffentlicht wird, ist sich Thomas Mann der Qualität seines Werkes bewusst: »Es ist wohl das Anständigste, was herzustellen mir bis heute vergönnt war.« Als im November die Buchversion nachgelegt wird, schreibt er an den Verleger Samuel Fischer: »Ernst muss das Buch wirken, denn es handelt sich um das Ernsteste, das ich seit dem zweiten Band der *Buddenbrooks* geschrieben habe.«[22] Nach der Veröffentlichung der *Buddenbrooks* 1901 ist es Thomas Mann noch nicht wieder gelungen, an den Erfolg anzuknüpfen. Mit dem *Tod in Venedig* wird sich das ändern. Deshalb und weil es sein bisher gewagtestes Werk ist – man denke an das Thema Knabenliebe und die autobiografischen Bezüge –, fiebert der Autor den Kritiken mit großer Sorge und einem Gefühl des Ausgeliefertseins entgegen.

Der Literaturwissenschaftler Rudolf Vaget untersuchte über 40 Rezensionen der Novelle und bezog auch Kritiker aus England und Frankreich mit ein. Nur fünf der Besprechungen sind ablehnend, die meisten zustimmend oder gar enthusiastisch. Zeitgenössische Kritiker stellen fest, »daß hier für's erste ein Gipfel erklommen wurde, eine Aufgabe bezwungen, wie nur Thomas Mann allein so schwer sie stellen durfte, so glänzend sie lösen konnte. Was ihm gelang, ist: Psy-

■ Zeitgenössische Rezensionen

22 Heine/Schommer (Anm. 13), S. 62.

chologie als Sprachkunst, die Erkenntnis einer subjektiven Besonderheit als objektives Seelengemälde.« Es ist die Rede von einer »epischen Meisterschaft«, »der vornehmsten Erzählkunst« und der »Treffsicherheit seines Wortes«. Ablehnende Kritik erhält die Novelle vor allem aus rechtskonservativen Kreisen, wie zum Beispiel in der Zeitschrift *Die Rheinlande*. Dort wird an der Novelle kein gutes Haar gelassen: »die sinnliche Schöpferkraft fehlt Thomas Mann durchaus«, denn er »belädt den Satz bis an die Grenze des Ungeschickten und Abstrakten mit Einzelbeobachtungen.«[23]

Heute gilt *Der Tod in Venedig* als Thomas Manns dichtestes Prosawerk. Auch wenn es hinter den *Buddenbrooks* oder dem *Zauberberg* zurücksteht, hat es doch den Status eines Klassikers der deutschen Literatur erreicht. Verglichen mit den beiden erfolgreichsten Romanen des Autors ist es relativ kurz, weswegen es häufig im gymnasialen Deutschunterricht gelesen wird. Die Novelle ist Teil der *Zeit*-Schülerbibliothek, in welcher fünfzig Werke als Kanon für den Deutschunterricht vorgeschlagen wurden. Weltweit ist die Novelle sicherlich Thomas Manns bekanntestes Werk. Als sich 2013 die Veröffentlichung des *Tod in Venedig* zum hundertsten Mal jährte, schnellten die Verkaufszahlen noch einmal in die Höhe, und es erschienen zahlreiche Kritiken, die auch darauf hinwiesen, dass der Stoff bis heute nichts an seiner Brisanz verloren hat.

Status als Klassiker

23 Vaget (Anm. 5), S. 188, 190, 192.

Rezeption in darstellender Kunst

Gleich in mehrfacher Form hat es die Novelle von Thomas Mann auf die Schaubühne gebracht: 1973 hat die Oper *Death in Venice* des englischen Komponisten Benjamin Britten beim prestigeträchtigen Aldenburgh Festival Premiere. In zwei Akten wird der Verfall Aschenbachs musikalisch dargelegt. Wie auch in der Novelle kommt Tadzio eine stumme Rolle zu, er singt nicht und tritt nur als Tänzer auf.

Mit Musik von Johann Sebastian Bach und Richard Wagner choreographierte John Neumeier das Ballett *Tod in Venedig*. Im »Totentanz frei nach Thomas Mann«, so der Untertitel des 2003 uraufgeführten Stücks, ist Aschenbach von Beruf Choreograph. Die Kongruenz von Hauptfigur und Kunstgebiet wird also beibehalten.

Verfilmung

In mehrfacher Hinsicht interessant ist die 1971 erschienene Filmfassung *Morte a Venezia* des italienischen Regisseurs Luchino Visconti. Aschenbach ist hier nicht Autor, sondern Komponist. Außerdem bekommt er mit dem Dirigenten Alfred einen Gesprächspartner an die Seite gestellt, da die zahlreichen Monologe Aschenbachs anders nicht umsetzbar wären. Als Filmmusik werden vor allem Werke des österreichischen Komponisten Gustav Mahler verwendet. Mahler hat Thomas Mann als Vorlage für das Aussehen Aschenbachs gedient und auch der gemeinsame Vorname verbindet den Komponisten und die Novellenfigur.

Die Handlung des Films setzt erst auf dem Dampfer nach Venedig ein, das heißt, die ersten beiden Kapitel der Novelle werden ausgespart. Auch das Begriffspaar apollinisch und dionysisch, das ein Leitmotiv der Novelle darstellt (siehe Kapitel 6, S. 69–79, in diesem Lektüreschlüssel) wird vernachlässigt und findet nur in einigen Rückblenden Eingang. Tatsächlich dürfte es Visconti auch nicht darum gegangen sein, die Novelle möglichst detailgetreu zu verfilmen. Stattdessen wird versucht, eine filmisch-musikalische Interpretation der Novelle zu liefern. Geht es bei Thomas Mann um die Musikalisierung der Sprache – man denke an die rhythmisierten Hexameter des vierten Kapitels –, so setzt der Regisseur diese Darstellungsweise ästhetisch fort. »Insofern dies bei Visconti wie bei Mann mit einer gezielten Erweiterung der literarischen und filmischen Darstellungskonventionen einhergeht, mündet der Vergleich von Film und Text so in eine funktionale Unterscheidung verschiedener Formen intermedialer Grenzüberschreitung.«[24]

Intermedial umgesetzt wird auch die Technik des Leitmotivs. Thomas Mann spielt stets damit, dass die Hauptfigur der Novelle selbst ein angesehener Autor ist: Aschenbachs Werke sind seine eigenen unveröffentlichten, Tadzio dient als Muse, und Aschenbach gibt sich langen ästhetischen Überlegungen hin. Mann befindet sich auf einer poetologischen Meta-

24 Roger Lüdeke, »›Der Tod in Venedig‹ (Thomas Mann – Luchino Visconti). Musiker unter Dichtern. Zum Stellenwert des Musikalischen, in: Anne Bohnenkamp (Hrsg.), *Literaturverfilmungen*, Stuttgart [2]2012, S. 164.

ebene, die auch Visconti umsetzt. Er greift ein Bild des Autors detailgetreu auf: »Ein photographischer Apparat, scheinbar herrenlos, stand auf seinem dreibeinigen Stativ am Rande der See, und ein schwarzes Tuch, darüber gebreitet, flatterte klatschend im kälteren Winde« (S. 136 f.). Im Film kommt dieses Motiv gleich fünf Mal vor. Stets ist der Fotoapparat dabei so gefilmt, dass er parallel zum Blickwinkel des Zuschauers ausgerichtet ist. »Die so im Film gefilmte Kamera betont nachdrücklich die Vermitteltheit des Gezeigten und die technische Gemachtheit der ästhetischen Illusionsbildung.«[25]

25 Lüdeke (Anm. 24), S. 171.

9. Wort- und Sacherläuterungen

9,1 **Gustav Aschenbach:** Vorname und Aussehen (siehe die Beschreibung S. 29 f.) erinnern an den österreichischen Komponisten Gustav Mahler, der am 18. Mai 1911 – also zur Entstehungszeit der Novelle – verstorben ist. Der Nachname verweist mit dem Wortbestandteil »Asche« auf den Tod.

9,5 **gefahrdrohende Miene:** Anspielung auf die zweite Marokkokrise (1911), die heute von Historikern als Vorbote des Ersten Weltkriegs (1914–18) bezeichnet wird.

9,6 **Prinz-Regentenstraße:** eine der teuersten Wohngegenden Münchens.

9,14 **»motus animi continuus«:** (lat.) »dauerhafte Bewegung des Geistes«. Fälschlicherweise Cicero zugeschrieben.

10,5 **Aumeister:** ehemaliges königliches Forsthaus, zur Zeit Thomas Manns (bis heute) ein Biergarten.

10,8 **Droschken:** Pferdekutschen zur Personenbeförderung.

10,8 **Equipagen:** Pferdekutschen als Ganzes, also inklusive Ausstattung, der Pferde sowie des Kutschers und seiner Kleidung. So ist Stand und Reichtum des Besitzers ablesbar.

10,12 **Föhring:** heute Unter- und Oberföhring, eigenständige Gemeinde beziehungsweise Stadtteil im Nordosten Münchens.

10,13 **Tram:** Straßenbahn.

10,17 **Ungererstraße:** Thomas Mann wohnte dort kurzzeitig im Jahr 1902.

10,19 **Chaussee:** gut ausgebaute Landstraße.

10,23 **byzantinische Bauwerk:** Als byzantinisch bezeichnet man auch das Oströmische Reich, das von der Reichsteilung 395 bis zur Eroberung durch die Osmanen 1453 bestand. Byzantinische Baukunst ist die Fortsetzung der römischen Architektur.

10,24 **Aussegnungshalle:** auch Trauerhalle genannt; ein Gebäude auf einem Friedhof, in welchem Bestattungszeremonien stattfinden.

10,27 **hieratischen Schildereien:** religiösen (priesterlichen) Abbildungen.

11,8 **Mystik:** religiöse Praxis, in welcher die Verbindung zu einer Gottheit intensiv erlebt wird.

11,9 **Portikus:** Säulengang, Säulenhalle.

11,10 **apokalyptischen Tiere:** Im Neuen Testament, in der Offenbarung des Johannes 4,6–8, wird von vier tierähnlichen Wesen gesprochen, die ganz nahe am Thron Gottes sitzen. Ihre Gestalten ähneln einem Stier, einem Löwen, einem Menschen und einem Adler. Zwei Löwen zierten die Aussegnungshalle des Münchner Nordfriedhofs, sind heute jedoch nicht mehr vorhanden.

11,24 **bajuwarisch:** veraltet für bayrisch.

12,2 **Lodenstoff:** widerstandsfähiger Wollstoff.

12,21 **physiognomische:** die Gesichtsform betreffende.

12,27 **inquisitiven:** wissbegierigen, forschenden.

14,6 **geilem Farrengewucher:** fruchtbarem, wucherndem Farn.

14,22 **Promenade:** Spaziergang.

16,15 **Lassheit:** Mattheit, Müdigkeit.

17,10 **fürder:** weiter.
18,6 **Siesta:** (span.) eigentlich: Mittagsschlaf, hier allgemein: Ruhezeit.
18,13 **Plattform:** Bereich zwischen zwei Straßenbahnwagen.
18,20 **Prosa-Epopöe:** Epos in Prosaform, das heißt nicht in Versen.
18,21 **Friedrich von Preußen:** Gemeint ist Friedrich II. (1712–1786), der »Friedrich der Große« oder im Volksmund auch »Alter Fritz« genannt wird. Er war für den Aufstieg Preußens zur europäischen Großmacht verantwortlich.
19,9 **antithetische:** gegensätzliche.
19,10 **Über naive und sentimentalische Dichtung:** ein zentrales literaturtheoretisches Werk von Friedrich Schiller (1759–1805).
20,14 **Wertzeichen:** Briefmarke.
21,18 **Apotheose:** Vergöttlichung einer Person oder Sache.
24,8 **Sebastian-Gestalt:** christlicher Märtyrer, der von Bogenschützen hingerichtet wurde und in der bildenden Kunst meist von vielen Pfeilen durchbohrt dargestellt wird.
24,28 **Heroismus:** Heldentum.
26,10 **Zynismen:** Plural von Zynismus: Spott, Schamlosigkeit.
26,27 **Psychologismus:** Denksystem, das Ende des 19. Jahrhunderts populär war. Nach diesem kann jedes menschliche Verhalten auf psychologische Einflüsse zurückgeführt werden, was eine moralische Beurtei-

lung unmöglich macht, da der Handelnde nicht selbst für seine Taten verantwortlich ist.

27,3 **Velleität:** Äußerung des Willens, die (noch) nicht zur Tat geworden ist.

27,9 **Laxheit:** Fahrlässigkeit, Großzügigkeit.

28,16 **libertinischen:** zügellosen, ohne sittlichen Halt.

29,3 **Ludwig XIV.:** König von Frankreich, genannt der »Sonnenkönig« (1638–1715).

30,13 **Replik:** Erwiderung, Antwort.

30,14 **Voltaire:** eigentlich François-Marie Arouet (1694–1778), französischer Schriftsteller und Philosoph. Er führte einen umfangreichen Briefwechsel mit Friedrich dem Großen. Hier liegt eine Anspielung auf Aschenbachs Werk *Friedrich von Preußen* vor.

30,17 **Siebenjährigen Krieges:** 1756–63 kämpfte Preußen gemeinsam mit Großbritannien gegen die Habsburgermonarchie, Frankreich, Russland und blieb siegreich. Infolgedessen stieg Preußen zur Großmacht auf.

31,7 **Triest:** Hafenstadt im heutigen Italien, damals Österreich-Ungarn.

31,9 **Pola:** heute Pula, auf der istrischen Halbinsel (Kroatien) gelegen, damals wichtiger österreichischer Kriegshafen.

31,13 **Insel der Adria:** Wahrscheinlich ist die Insel Brioni (heute Brijuni, zu Kroatien gehörig) gemeint, auf der auch Thomas Mann bei einer Reise nach Venedig Station machte.

33,10 **Croupiergewandtheit:** Ein Croupier ist ein Mitarbeiter einer Spielbank, der beim Kartenspiel oder Roulette Spielleiter ist.

34,8 **Polenser:** aus Pola (Pula) stammend.

34,14 **Portefeuille:** (frz.) Brieftasche, hier: Aktentasche.

34,20 **Panama:** geflochtener Strohhut.

34,27 **Karmesin:** roter Farbstoff.

35,2 **Fliege:** schmales, gestutztes, meist dreieckiges Bärtchen zwischen Unterlippe und Kinn.

36,4 **Bugspriet:** Spitze eines (Segel-)Schiffes.

37,3 **Kollation:** Zwischenmahlzeit, Imbiss.

37,8 **pokulierten:** zechten, soffen.

37,20 **Fockmast:** der höchste beziehungsweise vorderste Mast eines Segelschiffes. Sogenannte Segeldampfschiffe waren um die Mitte des 19. Jahrhunderts der vorherrschende Typus in der zivilen Schifffahrt.

38,5 **Bäderinsel:** Gemeint ist der Lido, ein Venedig vorgelagerter Landstrich, auf dem sich zahlreiche Luxushotels befinden. Aschenbachs Hotel befindet sich ebenfalls hier.

38,7 **Port:** Hafen.

38,10 **Barke:** kleines, mastloses Schiff.

38,19 **Asti:** Kurzform für Asti Spumante, Schaumwein aus der italienischen Provinz Asti (sowie benachbarten Provinzen).

38,20 **Bersaglieri:** Infanterietruppe des italienischen Heers.

39,17 **San Marco:** einer von sechs Stadtteilen Venedigs, mit dem berühmten Markusdom und Markusplatz (Piazza San Marco).

39,23 **des Palastes:** des Dogenpalastes, einst Sitz der Regierungsorgane der Republik Venedig.

39,24 **Seufzerbrücke:** Brücke, die den Dogenpalast mit dem Gefängnis verbindet.

39,26 **des Märchentempels:** gemeint ist die Markuskirche auf dem gleichnamigen Platz.

40,6 **Fallreepstreppe:** Außentreppe eines Schiffes.

40,25 **Au revoir, excusez und bon jour:** (frz.) auf Wiedersehen, Verzeihung und guten Tag.

41,15 **balladesken:** balladenhaften.

42,6 **Scirocco:** trockener, warmer Wind in mediterranen Gebieten (aus Nordafrika kommend).

43,28 **Vaporetto:** kleines Dampfschiff, das als öffentliches Verkehrsmittel diente.

45,5 **Geldschneiderei:** ungerechtfertigter Mehrverdienst, ursprünglich aufgrund des Beschneidens der Ränder von Gold- oder Silbermünzen.

45,25 **Haus des Aides:** Haus des Hades. Unterwelt in der griechischen Mythologie.

46,11 **Munizipalbeamte:** städtische Beamte.

47,6 **Bäderhotel:** Gemeint ist das »Grand Hotel des Bains« auf dem Lido, in welchem Thomas Mann mehrmals verweilte. Es ist noch heute in Betrieb und war 1971 Hauptdrehort der Verfilmung der Novelle.

49,28 **Bonnen:** Kindermädchen.

51,11 **Dornauszieher:** beliebtes Motiv in der antiken Kunst, besonders der Bildhauerei. Ein Knabe zieht sich sitzend einen Dorn aus der linken Fußunterseite.

52,12 **Vestibül:** Vorplatz, Vorhalle.

52,18 **Gouvernante:** Hauslehrerin, Erzieherin.

54,12 **transzendenten:** transzendent: alles, was jenseits der menschlichen Wahrnehmung liegt.

56,7 **Phäake:** eigentlich Bewohner einer besonders fruchtbaren Insel in Homers *Odyssee*; im übertragenen Sinne jemand, der ein sorgloses Leben führt.

56,11 **»Oft … Ruhe«:** Zitat aus Homers *Odyssee*, Buch VIII, Vers 249.

57,13 **Eros:** in der griechischen Mythologie der Gott der Liebe.

57,14 **parischen Marmors:** Marmor der griechischen Insel Paros.

58,15 **Capannen:** die Strandhütten am Lido.

62,17 **Masche:** Schlinge aus Garn, Schleife, (vor allem österreichisch) die Bezeichnung für einen Querbinder (Fliege).

63,9 **Kritobulos:** Sohn von Kriton und Schüler von Sokrates, der in mehreren Platonischen Dialogen erwähnt wird. Er kann sich der Macht des Liebesgenusses nicht enthalten und küsst den schönen Sohn des Alkibiades. Daraufhin empfiehlt ihm Sokrates, für ein Jahr ins Exil zu gehen, um sich in Enthaltsamkeit zu üben. Das Zitat stammt aus Xenophons *Erinnerungen an Sokrates*, Buch I, Kapitel 3.

65,22 **Nobilitierung:** Adelung, Standeserhöhung.

68,24 **beutelschneiderisch:** nach Art des Beutelschneiders, eines Taschendiebs, der am Gürtel befestigte Geldbeutel abschneidet.

71,25 **Piazzetta:** Verlängerung des Markusplatzes zum Dogenpalast hin.

71,28 **des Rialto prächtig gespannter Marmorbogen:** Rialtobrücke; überdachte Brücke über den Canal Grande.

73,10 **dünkt:** scheint.
73,16 **Billett:** Ticket.
73,21 **Como:** Stadt am Comer See.
73,25 **Bagage:** Gepäck.
74,12 **Suade:** Redeschwall.
74,14 **depeschiert:** eine Eilnachricht geschickt.
76,2 **»Pas de chance, monsieur«:** (frz.) »kein Glück, mein Herr«.
77,25 **Pontos:** in der griechischen Mythologie eine Meeresgottheit; hier: Meer.
77,22 **Bläue des Äthers:** Himmelsblau.
78,3 **balsamisch:** Balsam enthaltend.
79,25 **elysische Land:** Elysium: in der griechischen Mythologie eine Insel am westlichen Ende des Erdkreises, wo nur glückselige Menschen leben.
85,1 **Enthusiasmierte:** in Begeisterung Versetzte.
85, 7 **Nymphen:** weibliche Naturgottheiten.
85,8 **Acheloos:** Flussgott in der griechischen Mythologie.
85,16 **Sokrates:** gilt als einer der Begründer der abendländischen Philosophie. Seine Gedanken sind vor allem durch seinen Schüler Platon in Form von Dialogen überliefert.
85,16 **Phaidros:** Gesprächspartner des Sokrates. In dem nach ihm benannten Dialog geht es um die Kunst des sprachlichen Ausdrucks und die Schönheit im Allgemeinen.
86,10 **Semele:** Geliebte des Zeus, die stirbt, als sie seine wahre Gestalt sieht.
86,11 **Zeus:** oberster Gott des Olymps.
86,14 **Hofmacher:** Charmeur.

86,18 **Schalkheit:** Gerissenheit.

87,17 **troischen Hirten:** Ganymed; ein besonders schöner Junge, der von Zeus in den Olymp gebracht wird, um dort als Mundschenk zu dienen.

90,17 **Coiffeur:** Friseur.

91,18 **Eos:** Göttin der Morgenröte.

91,23–25 **Kleitos … Kephalos … Orion:** (sterbliche) Geliebte der Eos.

91,28 **Amoretten:** nackte, geflügelte Knaben als Begleitung des römischen Liebesgottes Amor.

92,28 **Rosse Poseidons:** Poseidon: in der griechischen Mythologie Gott des Meeres. Seine Rosse sind eine Metapher für Wellen. In antiken Schriften wird der Wellengang oft mit Tieren verglichen.

93,12 **Hyakinthos:** in der griechischen Mythologie ein junger Sterblicher von besonderer Schönheit.

93,14 **Zephyrs:** Zephyr: Windgott der griechischen Mythologie. Gilt als Frühlingsbote und ist in Hyakinthos verliebt.

93,16 **Kithara:** (altgriech.) Zither.

96,17 **Narziss:** in der griechischen Mythologie ein schöner Jüngling, der die Liebe anderer zurückweist und sich in sein Spiegelbild verliebt. Als er sich in einem See betrachtet, bringt ein herabfallendes Blatt das Wasser in Aufruhr, woraufhin Narziss aufgrund der vermeintlichen Hässlichkeit einen Schock erleidet und stirbt.

97,22 **Frequenz:** Frequentierung; Anzahl der Gäste im Hotel.

98,22 **offizinellen:** arzneilichen.

99,2 **gastrischen Systems:** Magen-Darm-Systems.

99,11 **Amethyst:** violetter Quarz, Edelstein.
102,3 **Merceria:** Einkaufsmeile Venedigs.
103,20 **Blütendolden:** schirmähnliche Blüten.
103,22 **Arabische Fensterumrahmungen:** Im gesamten Mittelalter beeinflussen arabische Völker immer wieder die Geschichte Venedigs. Entweder als Handelspartner oder Kriegsgegner. Arabisch-byzantinische Einflüsse sind in vielen Sehenswürdigkeiten auszumachen.
107,13 **welschen:** fremdartigen.
109,1 **quinkelierende:** pfeifende, zwitschernde.
109,6 f. **falsettierenden:** in der männlichen Kopfstimme singenden.
109,11 **Buffo:** Komiker in der Oper, singt meist im Tenor oder Bass, seltener im Bariton.
113,2 **Karbolgeruchs:** Karbol: früher ein Desinfektionsmittel.
113,3 **Couplet:** scherzhaftes Gedicht mit mehreren Strophen und Kehrreim.
118,10 **Clerk:** (engl.) Angestellter.
119,7 **mephitischen Odem:** teuflischen Atem.
119,10 **Hindustan:** Indien.
119,15 **Astrachan:** russische Stadt an der Wolga.
119,27 **Vibrionen:** Choleraerreger.
120,21 **Tenazität:** Lebensdauer von Mikroorganismen.
121,10 **Ospedale civico:** (ital.) städtisches Krankenhaus.
129,12 **Indifferenz:** Gleichgültigkeit.
133,6 **Zisterne:** Brunnen.
135,22 **infam:** bösartig, durchtrieben.
139,16 **Psychagog:** eine von zahlreichen Bezeichnungen

für den Gott Hermes in der griechischen Mythologie. Er ist einerseits der Gott der Reisenden und des Verkehrs, als Götterbote verkündet er jedoch auch die Beschlüsse von Zeus und führt (griech. *agein*) die Seelen (griech. *psyche*) der Verstorbenen in die Unterwelt.

10. Prüfungsaufgaben mit Lösungshinweisen

Aufgabe 1: Literarische Charakteristik des Gondoliere

Erstellen Sie auf Grundlage der Seiten 41 bis 47 der Novelle (»Wer hätte nicht mit einem flüchtigen Schauder … quer über die Insel zum Strande läuft«) eine literarische Charakteristik des Gondoliere, der Aschenbach befördert. Beziehen Sie auch ähnliche Figuren und Leitmotive im Zusammenhang der Novelle mit ein.

Lösungshinweise

1. Anforderungen an eine literarische Charakteristik allgemein:

- Im Hauptteil einer literarischen Charakteristik wird eine Figur eines literarischen Textes genau beschrieben und analysiert. Ihr Charakter und ihre Funktion innerhalb des Handlungszusammenhangs sollen verdeutlicht werden.
- Es sollen äußere und innere Merkmale genannt werden. Zu den Ersteren gehören Rahmendaten wie Aussehen, Geschlecht, Beruf, Stand und zu den Letzteren Charaktermerkmale, die nicht sofort ersichtlich sind. Hierzu sind Gefühle, Regungen, Einstellungen, Sprache, Stellung zu anderen Figuren und innere Entwicklungen zu zählen.

- Figuren können direkt oder indirekt charakterisiert werden. Von einer direkten Charakterisierung spricht man, wenn der Erzähler oder eine andere Figur beschreibt, wie sich die betreffende Figur verhält. Hier ist Vorsicht geboten, denn Erzähler und insbesondere andere Figuren müssen sich dabei nicht neutral verhalten. Bei der indirekten Charakterisierung muss der Leser selbst aus dem Handeln und Sprechen einer Figur Rückschlüsse auf ihren Charakter ziehen. In einer literarischen Charakteristik soll wenn möglich auf beide Charakterisierungsweisen zurückgegriffen werden.
- Alle Interpretationsansätze müssen am Text belegt werden. Es ist auf die Regeln des korrekten Zitierens zu achten. Aussagen ohne Textbeleg können nicht bewertet werden.
- Eine vollständige literarische Charakteristik enthält nicht nur den bereits erwähnten Hauptteil, sondern auch eine Einleitung und einen Schluss. In der Einleitung sollten Autor, Titel, ggf. Erscheinungsjahr und Gattung genannt werden. Am wichtigsten ist jedoch die Nennung der zu charakterisierenden Figur und ihre Verortung in der Handlung des literarischen Texts. Der Schlussteil muss ein wirkliches Fazit sein und soll eine Wertung oder eine persönliche Stellungnahme enthalten.

2. (Inhaltliche) Besonderheiten dieser Charakteristik:

- Die Aufgabenstellung enthält hier eine eindeutige Zweiteilung. Der erste Satz fordert eine Charakteristik nach obigem Schema, während der zweite Teil die Aufgabenstellung spezifiziert. Im ersten Teil muss nahe am Text und mit der genannten Textstelle gearbeitet werden, im zweiten Aufgabenteil soll Wissen über die gesamte Novelle und darüber hinaus einfließen.

- Da der Gondoliere auf den genannten Seiten (und in der ganzen Novelle) nur sehr kurz in Erscheinung tritt, muss der zweite Teil der Aufgabe umfangreicher sein. Zu empfehlen sind etwa siebzig Prozent des gesamten Hauptteils.
- Die zwei Aufgabenteile können getrennt voneinander oder ineinander verwoben bearbeitet werden. Einfacher ist es sicherlich, die Zweiteilung der Aufgabenstellung beizubehalten. Wichtig ist, dass dem Leser durch Textsignale klargemacht wird, welcher Arbeitsschritt gerade durchgeführt wird. Gedankensprünge sind zu vermeiden.
- Der erste Teil der Aufgabenstellung ist schnell abgehandelt: Zunächst sollte das Aussehen des Gondoliere (S. 43) beschrieben werden. Dabei kann auch auf die Beschreibung der Gondel (S. 41) eingegangen werden. Dann muss sein Verhalten beschrieben werden. Er verhält sich nicht wie ein Dienstleister, sondern bestimmt das Ziel der Fahrt selbst (S. 44). Im Gespräch mit seinen Kunden ist er kurz angebunden und bestimmend (S. 44). Außerdem macht er vielsagende Andeutungen (»Sie werden bezahlen«; S. 45) und ist in flüsternde Selbstgespräche vertieft (S. 46), was den unheimlichen Grundeindruck unterstreicht. Offensichtlich befördert er seine Passagiere ohne Konzession (S. 46), und genauso plötzlich, wie er auftaucht, verschwindet er auch wieder.

- Wenn man die beiden Aufgabenteile getrennt voneinander bearbeitet, bietet sich nun eine Überleitung zum zweiten Teil an. Diese sollte darauf eingehen, dass die Figur aus dem Handlungszusammenhang herausgerissen nicht zu verstehen ist. Nur im Zusammenhang mit anderen Figuren kann man ihre Eigenheiten erklären.
- Im zweiten Teil soll auf ähnliche Figuren eingegangen werden. Es bieten sich der Fremde am Münchner Nordfriedhof (S. 11 f.), der Matrose (S. 32) und der falsche Jüngling (S. 34–39) auf dem Dampfschiff, der Straßensänger (S. 108–115), und der Frisör (S. 129–131) an. Exemplarisch kann sein Aussehen beispielsweise mit dem Straßensänger oder dem Fremden in München verglichen werden oder sein Verhalten mit dem des Matrosen oder des Straßensängers.
- Alle genannten Figuren verbindet miteinander, dass sie eindeutig auf den Tod referieren, siehe hierzu Kapitel 3, S. 43–48, in diesem Lektüreschlüssel. Nur über den Umweg der anderen Figuren kann die Funktion des Gondoliere im Gesamtzusammenhang der Novelle erklärt werden: Er ist ein Vorbote des unausweichlich bevorstehenden Todes des Protagonisten.
- Wer über den Text der Novelle hinausgehen will, kann sich aufgrund der Andeutung »Haus des Aides« (S. 45) auf die Mythologie der griechischen Antike beziehen: Der unheimlich wirkende Gondoliere erinnert stark an den Fährmann Charon, der die Seelen der Verstorbenen von der Ober- in die Unterwelt bringt. Auch hier können Querverbindungen zu den anderen Todesfi-

guren gezogen werden. Zahlreiche Anspielungen auf die Antike bilden ein weiteres Leitmotiv.

- Im Schlussteil könnte diskutiert werden, ob es überhaupt Sinn ergibt, bei dem Gondoliere von einer vollwertigen literarischen Figur zu sprechen: Man kann ihn auch gemeinsam mit den anderen fünf Vorboten zu einer Figur zusammenfassen oder ihn nur als Illustration des bevorstehenden Todes, also als Personifikation des Leitmotivs, ansehen.

Aufgabe 2: Innerer Monolog Aschenbachs

Tadzio wird sich der Beobachtungen und Hinterherstellungen Aschenbachs immer mehr bewusst und lächelt ihn schließlich an:

»Der, welcher dies Lächeln empfangen, enteilte damit wie mit einem verhängnisvollen Geschenk. Er war so sehr erschüttert, daß er das Licht der Terrasse, des Vorgartens zu fliehen gezwungen war und mit hastigen Schritten das Dunkel des rückwärtigen Parkes suchte. Sonderbar entrüstete und zärtliche Vermahnungen entrangen sich ihm: ›Du darfst so nicht lächeln! Höre, man darf so niemandem lächeln!‹ Er warf sich auf eine Bank, er atmete außer sich den nächtlichen Duft der Pflanzen. Und zurückgelehnt, mit hängenden Armen, überwältigt und mehrfach von Schauern überlaufen, flüsterte er die stehende Formel der Sehnsucht, –

unmöglich hier, absurd, verworfen, lächerlich und heilig doch, ehrwürdig auch hier noch: ›Ich liebe dich!‹« (S. 96 f.).

Versetzen Sie sich in die Situation von Gustav Aschenbach und verfassen Sie einen inneren Monolog, in welchem er reflektiert, wie es so weit kommen konnte, dass er sich in einen gerade 14-Jährigen verliebt, und versuchen Sie, eine Lösung für diese ausweglose Situation zu finden.

Lösungshinweise

1. Anforderungen an einen inneren Monolog allgemein:

- Ein innerer Monolog ist eine Sonderform des Monologs. Die Wörter werden auch in der literarischen Realität nicht wirklich ausgesprochen. Der Leser vollzieht die direkte Innenperspektive einer Figur nach.
- In einem inneren Monolog gibt eine Figur ihre geheimsten Gefühle und Regungen ungefiltert preis, so dass der Leser ihre psychische Verfassung nachvollziehen kann.
- Er wird im Präsens und der ersten Person Singular verfasst.
- Stilistisch und sprachlich soll der innere Monolog zur übrigen Figurenrede passen. Vor allem auf eine angemessene Wortwahl ist zu achten.
- Der innere Monolog muss sich in den Handlungszusammenhang einfügen. Logischen Fehlern, falschen

Bezügen oder nicht plausiblen Gedankengängen kann nur durch gute Textkenntnis vorgebeugt werden.

- Es handelt sich hierbei nicht um kreatives Schreiben, sondern um gestaltendes Interpretieren. Originelle Gedanken sind zwar erlaubt, aber nicht gefordert. Im Mittelpunkt steht die Interpretation des zugrunde liegenden Texts.
- Anders als die meisten Aufsatzformen erfordert das gestaltende Interpretieren keine Einleitung und keinen Schlussteil.

2. (Inhaltliche) Besonderheiten dieses inneren Monologs:

- Eine erste Schwierigkeit ergibt sich bei Sprache und Stil: Es ist an sich (zu) viel verlangt, genau den Ton einer literarischen Figur zu treffen, die bereits vor mehr als hundert Jahren erschaffen worden ist. Dennoch sollte versucht werden, sich behutsam der Sprache Thomas Manns anzunähern. Dabei dürfen kurze Textpassagen oder einzelne Wörter aus dem Original verwendet werden. Unbedingt zu vermeiden sind jedenfalls allzu moderne Begriffe, Dialekt, Jugendsprache oder Ähnliches.
- Die zweite Schwierigkeit ist die Anlage der Novelle. In weiten Teilen wird die literarische Technik des Bewusstseinsstroms (engl. *stream of consciousness*) verwendet. Diese ist eng mit dem inneren Monolog verwandt und nicht immer klar von ihm zu trennen. Im *Tod in Venedig* ist oftmals nicht sicher, ob gerade der Erzähler berichtet oder den Leser an den Gedanken des Protagonisten teilhaben lässt. Vereinfacht gesagt: Wei-

te Teile der Novelle kann man bereits als inneren Monolog des Protagonisten ansehen. Viele seiner Gedanken sind dem Leser bekannt, und man muss deswegen aufpassen, dass der neu verfasste innere Monolog nicht in einen Widerspruch zur Novelle gerät.

- Trotzdem kann ein innerer Monolog, an diese Textstelle angebunden, Neues liefern. Es handelt sich um eine Schlüsselstelle, denn hier wird sich Aschenbach zum ersten Mal der Ernsthaftigkeit seiner Schwärmerei bewusst.
- Die Zweiteilung der Aufgabenstellung sollte hier in jedem Fall beibehalten werden. Im ersten Teil wird der bisherige Handlungsverlauf der Novelle knapp zusammengefasst, wobei der Schwerpunkt auf den Begegnungen mit dem jungen Tadzio liegen sollte. Außerdem kann darauf eingegangen werden, dass eine spontane Reise, der verlängerte Aufenthalt und das Hineinleben in den Tag eigentlich nicht zu Aschenbach passen.
- Im zweiten Teil kann ein alternativer Handlungsverlauf der Novelle angedacht werden. Zu diesem Zeitpunkt der Handlung ist Aschenbach noch nicht gleichmütig und würde seinen Tod sicherlich nicht billigend in Kauf nehmen, wie er es im späteren Verlauf der Handlung tut. Allerdings sollten Aschenbachs Gedanken realistisch bleiben. Ein tatsächlicher (körperlicher) Kontakt zu Tadzio muss für den Protagonisten ausgeschlossen bleiben. Viel interessanter scheint die Frage, ob dieser überhaupt gewollt ist.
- In beiden Teilen ist zu beachten, dass Aschenbach zu

diesem Zeitpunkt noch nichts vom Ausbruch der Cholera weiß. Lediglich die schlechte Luft könnte ihm aufgefallen sein.

Aufgabe 3: Analyse und Interpretation einer Schlüsselstelle

Zugrunde liegender Textausschnitt: von S. 94 (»Irgendeine Beziehung und Bekanntschaft mußte sich notwendig ausbilden zwischen Aschenbach und dem jungen Tadzio«) bis S. 96 (»... verzerrt von der Aussichtslosigkeit seines Trachtens, die holden Lippen seines Schattens zu küssen, kokett, neugierig und leise gequält, betört und betörend«).

1. Fassen Sie die für das Verständnis des Textauszuges wesentlichen Teile der Handlung kurz zusammen.
2. Analysieren und interpretieren Sie die Textstelle.
3. In diesem Textausschnitt wird Tadzios Lächeln mit dem des Narziss verglichen (S. 96). Erörtern Sie, inwiefern die antike Figur des Narziss und das moderne psychologische Konzept des Narzissmus zu Tadzio passen.

Lösungshinweise

1. Anforderungen an eine Analyse und Interpretation einer Textstelle allgemein:

- Die Dreiteilung der Aufgabenstellung sollte unbedingt beibehalten werden. Die drei Teile umfassen den Hauptteil des Aufsatzes. Davor steht die Einleitung mit klassischem Basissatz (Nennung von Autor, Werk, Gattung, Erscheinungsjahr und Wichtigkeit der Szene) und danach der Schlussteil, in welchem die Ergebnisse aus dem zweiten und dritten Aufgabenteil resümiert werden.
- Im ersten Teil sollten zumindest einige konkrete Textbezüge enthalten sein. Die eigentliche Textarbeit folgt jedoch im zweiten Teil. Hier muss nah am Text und mit korrekter Zitation gearbeitet werden. Im dritten Teil sind Textbezüge optional, aber wünschenswert.
- Der erste Teil führt zur Textstelle hin, der zweite behandelt die eigentliche Textstelle und der dritte geht inhaltlich und kognitiv über sie hinaus. Die Aufgaben werden immer anspruchsvoller. Man sollte für den ersten Teil etwa zwanzig und für die weiteren Teile etwa vierzig Prozent der Arbeitszeit veranschlagen. Bei gleicher Arbeitszeit ist der zweite Teil jedoch umfangreicher als der dritte.
- Dementsprechend sind auch die verwendeten Operatoren (Arbeitsanweisungen) verschiedenen Schwierigkeitsstufen zuzuordnen. Bloßes »Zusammenfassen« gehört zum ersten Anforderungsbereich. Bekannte Inhalte werden in eigenen Worten wiedergegeben. Beim »Analysieren« (zweiter Anforderungsbereich) müssen Merkmale eines Textes kriterienorientiert dargelegt werden, dabei muss auch die sprachliche Darstellung berücksichtigt werden. »Interpretieren« ist bereits an

der Grenze des dritten Anforderungsbereiches. Die Interpretation baut auf der Analyse auf und stellt Sinnzusammenhänge her. »Erörtern« gehört eindeutig zum dritten Anforderungsbereich. Die Problemstellung muss selbständig erfasst und es müssen gegebenenfalls Begriffe definiert werden. Argumente müssen gefunden und gewichtet werden, bevor ein logisch abgeleitetes Urteil gefällt wird.

2. (Inhaltliche) Besonderheiten dieser Analyse und Interpretation:

- Beim ersten Aufgabenteil muss der Protagonist kurz vorgestellt werden. Außerdem soll erklärt werden, warum er sich in Venedig befindet. Tadzio soll vor allem im Kontrast zur angeführten Textstelle vorgestellt werden: Es kann auf sein Aussehen, Alter, Familiensituation hingewiesen werden, und es muss betont werden, dass er sich bisher passiv verhält, da er nichts von seinem Verehrer weiß.
- Nicht relevant sind beispielsweise die zahlreichen Todesfiguren oder die Reiseroute des Protagonisten.
- Bei der Analyse und der Interpretation muss auf die Besonderheit des Textausschnittes hingewiesen werden. Zum ersten Mal erwidert Tadzio die Aufmerksamkeit Aschenbachs. Dabei sind Textbelege zu nennen. Bei der sprachlichen Analyse kann darauf eingegangen werden, dass Komparativformen verwendet werden, mit denen Aschenbach Tadzios Aussehen mit früheren Zeitpunkten vergleicht (S. 95 f.). Weiter müssen die adjektivreichen Anhimmelungen und die daraus resul-

tierende Überwältigung des Protagonisten interpretiert werden. Zum Schluss sollte auch auf das Lächeln Tadzios eingegangen werden, um die dritte Teilaufgabe vorzubereiten.

- Bei der kurzen Erörterung sollten die mythologische Figur und das psychologische Konzept kurz erläutert werden (siehe Kapitel 3, S. 39–41, in diesem Lektüreschlüssel). Anschließend kann das Verhalten Tadzios mit diesen Ausführungen verglichen werden. Das Ergebnis könnte lauten, dass Tadzio durchaus mit Konzept und Figur assoziiert werden kann, wobei man Vorsicht walten lassen muss, da Aschenbach das Verhalten des jungen Polen auch fehlinterpretieren könnte und weite Teile der Novelle aus der Perspektive Aschenbachs erzählt werden.

11. Literaturhinweise / Medienempfehlungen

Text- und Werkausgaben

Der Tod in Venedig. Frankfurt: Fischer Taschenbuch Verlag, ^{25}2015. – *Diese Ausgabe liegt dem Lektüreschlüssel zugrunde. Alle Nennungen von Seitenzahlen beziehen sich darauf.*

Gesammelte Werke in 13 Bänden. Hrsg. von Hans Bürgin. Frankfurt a. M.: S. Fischer Verlag, ^{2}1974.

Weitere Veröffentlichungen von Thomas Mann (Auswahl):

Mario und der Zauberer. Ein tragisches Reiseerlebnis. – *Novelle. Weist einige Parallelen zu* Der Tod in Venedig *auf: Reisemotiv, Italienaufenthalt und (hier eindeutigere) Bezüge zur Biografie des Autors.*

Tonio Kröger. – *Novelle. Ebenfalls mit Parallelen zu* Der Tod in Venedig*: autobiografische Bezüge, Künstlertum.*

Zu Thomas Manns Biografie

Heine, Gert / Schommer, Paul: Thomas Mann Chronik. Frankfurt a. M.: Klostermann, 2004. – *Bietet nur kurze Informationen, die als Ausgangspunkt für weitere Recherchen dienen können.*

Kurzke, Hermann: Thomas Mann. Das Leben als Kunstwerk. Eine Biographie. Frankfurt: Fischer Taschenbuch Verlag, ^{3}2002. – *Nach Themen geordnete und sehr aus-*

führliche Standardbiografie Thomas Manns. Kann auch ausschnittsweise gelesen werden.

– Thomas Mann. Ein Porträt für seine Leser. München: Beck, 2009. – *Ähnlich wie die angeführte Biografie ein Standardwerk, das sich jedoch an Werken orientiert und ausgewählte Themen ohne Anspruch auf Vollständigkeit erörtert.*

Mehring, Reinhard: Thomas Mann. Künstler und Philosoph. München: Fink, 2001. – *Stark gekürzte Habilitationsschrift. Im Onlinebestand der Bayrischen Staatsbibliothek als Volltext frei verfügbar.*

Zum *Tod in Venedig*

Bahr, Ehrhard: Thomas Mann. Der Tod in Venedig. Erläuterungen und Dokumente. Stuttgart: Reclam, 1991. – *Für Schüler und Einsteiger geeignet.*

Böschenstein, Bernhard: Der Tod in Venedig. In: Hansen, Volkmar (Hrsg.): Interpretationen. Thomas Mann: Romane und Erzählungen. Stuttgart: Reclam, 1993. – *Der Band eignet sich auch, um einen ersten Überblick über andere Werke zu erhalten.*

Hage, Volker: Tadzios schönes Geheimnis. In: Spiegel online vom 21.12.2002, www.spiegel.de/spiegel/print/d-25990846.html (Stand: 15.10.2015). – *Ein Beitrag, der die wissenschaftliche Diskussion um das reale Vorbild Tadzios zusammenfasst und abschließt.*

Kunz, Josef: Die deutsche Novelle im 20. Jahrhundert. Berlin: Erich Schmidt Verlag, 1977. – *Mit einem ausführlichen Teil über* Der Tod in Venedig.

Vaget, Hans Rudolf: Thomas Mann. Kommentar zu sämtlichen Erzählungen. München: Winkler, 1984. – *Knappe Informationen übersichtlich dargestellt.*

Medienempfehlungen

www.thomasmann.de. – *Offizielle Seite der S. Fischer Verlage, die noch immer aktuell gehalten wird und über Neuauflagen, Verfilmungen und Lesebegegnungen informiert. Außerdem gibt es allgemeine Informationen zum Autor und ein User-Forum.*

Der Tod in Venedig. Film von Luchino Visconti. Mit Dirk Bogarde, Silvana Mangano. DVD, Warner Home Video. [Ital. Original: Morte a Venezia.] – *Luchino Viscontis Verfilmung setzt die Novellenhandlung nicht detailgetreu um, sondern liefert eine filmische Interpretation.*

Thomas Mann: Der Tod in Venedig: Vollständige Lesung. München: Der Hörverlag, 2013. – *Gelesen vom deutschen Schauspieler Matthias Brandt. Als CD und in den gängigen Onlineportalen erhältlich.*

12. Zentrale Begriffe und Definitionen

Apollinisch: auf den griechischen Gott Apollon zurückgehender Begriff, der von Schelling entwickelt und von Nietzsche populär gemacht wurde. Er steht für Form und Ordnung. Das Gegenteil ist ➤ dionysisch.

➤ S. 69 ff.

Äußere Handlung: Geschehnisse, die durch Dritte sinnlich wahrnehmbar oder beobachtbar sind. Auf Gefühle und Regungen der Handelnden kann nur rückgeschlossen werden, beispielsweise durch Stimmlage oder Körpersprache. Diese Rückschlüsse können keine hundertprozentig sichere Auskunft über die Gefühlslage von Figuren geben. ➤ Innere Handlung.

➤ S. 14

Bewusstseinsstrom: engl. *stream of consciousness*; bei dieser literarischen Technik fließen objektive Beschreibungen der Szenerie mit subjektiven Eindrücken oder Gedanken seiner Figuren ungefiltert ineinander. Scheinbar unmittelbar hat der Leser an Gedanken(fetzen) und den Abschweifungen der Figur teil. Oft bleibt unklar, ob gerade innere oder äußere Handlung beschrieben wird. ➤ Montagetechnik, ➤ Innerer Monolog.

➤ S. 59, 84, 86, 118

Cholera: bakterielle Infektionskrankheit, die meist durch verunreinigte Nahrungsmittel verursacht wird. Bis zu 70 Prozent der Infizierten sterben, sofern eine sofortige Behandlung ausbleibt.

➤ S. 26 f., 61 f., 78

Dekadenz: nach dem französischen Begriff *décadence*, der

›Niedergang‹ oder ›Verfall‹ bedeutet. Allgemein gesprochen auf eine Kultur anwendbar, die sich im Verfall befindet, oder, als literaturwissenschaftlicher Fachbegriff, auf die Literatur des frühen 20. Jahrhunderts anwendbar, die ebenjene Verfallsphänomene thematisiert.

➤ S. 10

Dionysisch: auf den griechischen Gott Dionysos zurückgehender Begriff, der von Schelling entwickelt und von Nietzsche populär gemacht wurde. Er steht für Schöpfungsdrang, Rauschhaftigkeit und Selbstaufgabe/Selbstentgrenzung. Das Gegenteil ist ➤ apollinisch.

➤ S. 69 ff.

Einheit (von Zeit, Handlung und Ort): auf Aristoteles zurückführbare Grundregel des klassischen Dramas, nach der das Drama (1) nur einen Handlungsstrang haben darf, (2) an einem Schauplatz stattfinden soll und (3) sich innerhalb eines Tages abspielen muss.

➤ S. 54

Erzählform: Berichtet der Erzähler in der ersten Person (Singular oder Plural) oder in der dritten Person (Singular oder Plural)? Mit der Erzählform des Ich-Erzählers muss nicht unbedingt personales ➤ Erzählverhalten einhergehen. Dies ist zwar meistens so, es ist aber auch möglich, dass ein Ich-Erzähler neutral berichtet.

➤ S. 57 f.

Erzählverhalten: Drei Untertypen sind möglich: (1) Beim *neutralen* Erzählverhalten wird wertfrei und nicht aus einer bestimmten Perspektive berichtet. (2) Beim *personalen* Erzählverhalten wird dem Leser das Geschehen durch eine Figur der Handlung geschildert. (3) Beim *auktorialen*

Erzählverhalten steht der Autor über Zeit und Raum. Er kann Vor- und Rückgriffe machen oder das Geschehen kommentieren. In den meisten Fällen liegt eine Mischung aus diesen drei Idealtypen vor.

➤ S. 57 f.

Fin de Siècle: literarische Strömung um 1900, die das Bewusstsein transportierte, sich am Ende bzw. im Niedergang einer Epoche zu befinden. ➤ Dekadenz.

➤ S. 9 f.

Freytag-Pyramide: Strukturmodell des klassischen Dramas in Form einer Pyramide mit steigender Handlung (bis zum Höhepunkt im 3. Akt) und fallender Handlung (bis zum 5. Akt, der Katastrophe); benannt nach dem Literaturwissenschaftler und Schriftsteller Gustav Freytag (1816–1895).

➤ S. 51 f.

Innere Handlung: Gedanken- oder Gefühlswelt der Figuren einer Handlung, die durch eine vermittelnde Instanz offensichtlich gemacht wird. Siehe auch: *Äußere Handlung.*

➤ S. 14

Innerer Monolog: Gespräch einer Figur mit sich selbst, meist in ganzen Sätzen und mir einer Argumentationsstruktur – im Unterschied zum ➤ Bewusstseinsstrom.

➤ S. 83 f.

Klassik: Das Wort hat mehrere Bedeutungen: (1) wird auf die Kunst der römischen und griechischen Antike Bezug genommen; (2) kann die Periode gemeint sein, in welcher sich bildende Kunst, Musik und Literatur eines Volkes auf dem Höhepunkt befinden (für die deutsche Literatur werden traditionell die Zeit um 1800 und die Werke von Schiller und Goethe als klassisch bezeichnet); (3) zeichnet sich ein Klassiker durch seine Zeitlosigkeit aus. Thomas Mann wird von einigen Literaturwissenschaftlern dem Neoklassizismus zugerechnet

➤ S. 9, 55, 97

Knabenliebe: auch als Päderastie bezeichnet; die Beziehung zwischen einem Erwachsenen und einem Jugendlichen, die in der griechischen Antike institutionalisiert war. Neben der sexuellen Komponente gibt es (in der Antike) auch einen pädagogischen Aspekt in dieser Beziehung.

➤ S. 62, 69, 79 ff.

Leitmotiv: eine Handlung, Idee oder Anspielung, die in einem literarischen Werk wiederholt vorkommt und so zu dessen Gesamtinterpretation beiträgt.

➤ S. 43, 48

Montagetechnik: Manchmal wird auch von Collage gesprochen. Beide Begriffe werden von der bildenden Kunst übernommen. Ebenso wie ein bildender Künstler fügt der Autor Zitate aus anderen Werken, Sinneseindrücke und Gedanken seiner Figuren und neutrale Vorgangsbeschreibungen zusammen.

➤ S. 59, 84

Neoklassizismus: Bezeichnung für eine Stilrichtung um 1900 in Architektur, bildender Kunst und Literatur, die erneut am Stil der Klassik (Ende des 18. Jahrhunderts) anknüpft und für die die Rückbesinnung auf die Antike wichtig ist.

➤ S. 9

Novelle: literarische Prosaform, die länger als eine Kurzgeschichte, aber kürzer als ein Roman ist. Sie hat nur eine Haupthandlung, die meist den Eindruck historischer Wahrheit vermittelt und oft einen Wendepunkt hat.

➤ S. 49 ff.

Protagonist: Bezeichnung für die Hauptfigur in einem erzählenden oder dramatischen Werk, im Unterschied zu »Held« wertneutral.

➤ S. 29 ff.

Regelpoetik: »Poetik« ist die Lehre von der Dichtkunst, die Formen, Aufgaben, Mittel des Schreibens erörtert. »Regelpoetik« ist eine besondere Form, insbesondere in der Epoche des Barock (aber auch noch in der Klassik), die für bestimmte Formen und Gattungen (z. B. Sonett, Tragödie) genaue Vorgaben festlegt.

➤ S. 54 ff.

***stream of consciousness*:** ➤ Bewusstseinsstrom.